あの頃　東ドイツの片隅で

吉田和彦
YOSHIDA Kazuhiko

文芸社

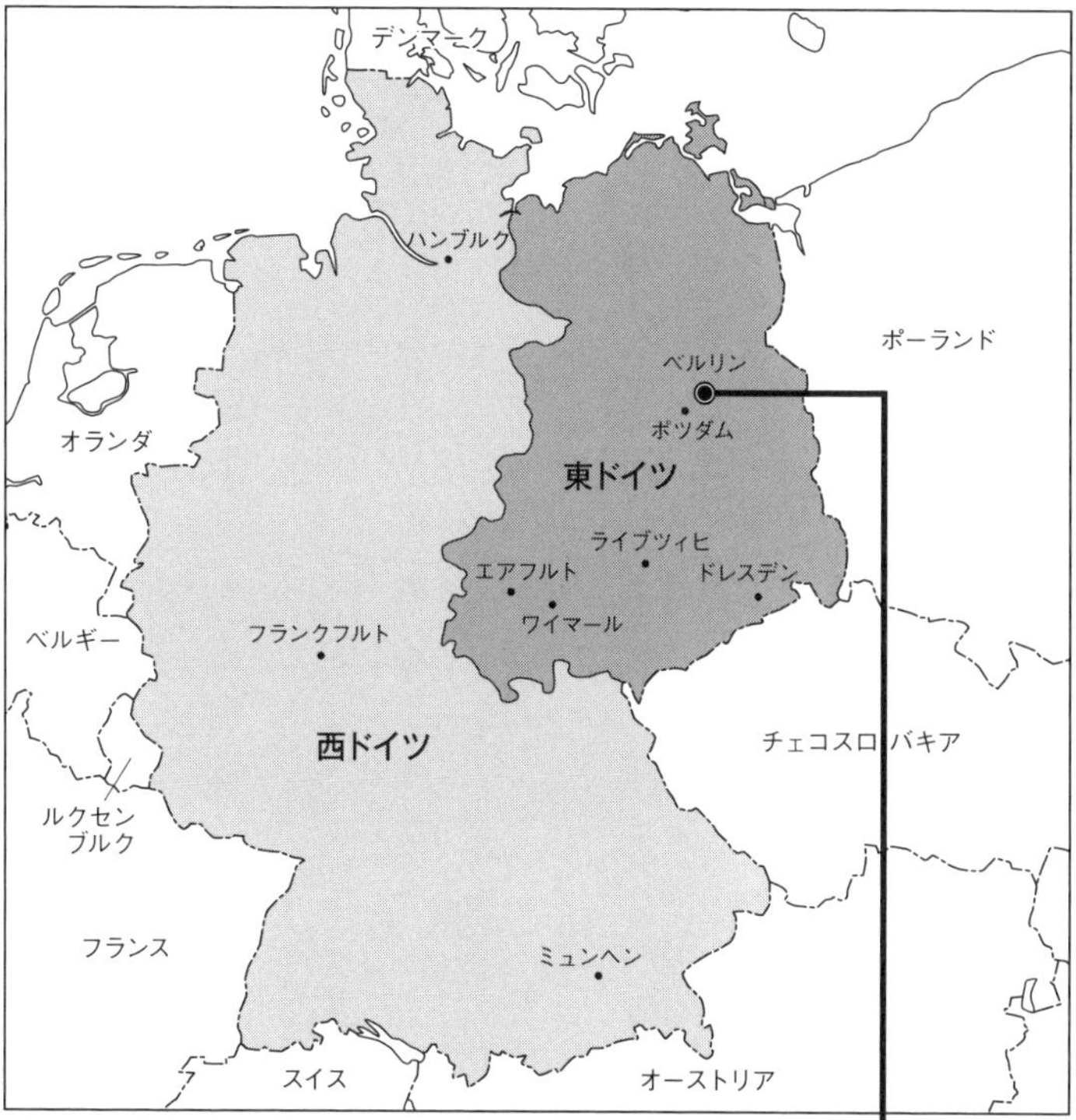

東西ドイツ

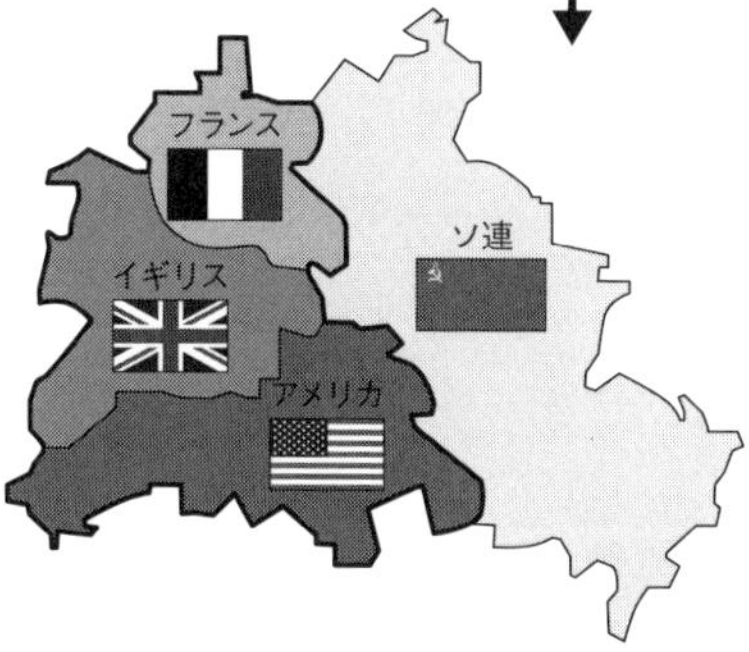

東西ベルリンにおける4か国の管轄地域

かつて東ドイツという国があった。

日本から遠く離れたところに。

それは、その隣国の西ドイツよりも、もっともっとずっと遠い国。

日本とはもちろん、西ドイツとも全く異なる国。

東西冷戦が生み出した、冷戦真っ只中の国だった。

壁に囲まれ自由のないこの国は、西側とはすべてが違っていた。

人も　車も　建物も　通貨も　物も　空気も。

これはそんな東ドイツに迷い込むようにやって来たひとりの日本人の物語。

涉《わたる》はただ遠くに行きたかった。日本を離れたかった。自分が知っている人も、自分のことを知っている人もいないところへ行きたかっただけ。

18歳にしてはじめての海外でこの国を選んでしまった。

寮に住みながら学生生活をスタートさせる。たったひとりの日本人として、他の留学生に囲まれながら、不自由と物不足の中で、非常識な生活を。

仲間もでき、違和感をおぼえながらも徐々にこの国に慣れていく。

個性豊かな講師たちに鍛えられながら言葉も上達していく。

酒好きのクラスメートたちと過ごしながら、常識の通じない、常識などない、非常識なこの国がわかりかけてくる。誰もが不満だらけのこの国が。

やがて時代が動きだす。そして変わっていく。東ドイツも、渉も。
あの頃　東ドイツがあった。

東ドイツ国旗（著者撮影）

目次

プロローグ

「なんでこんなところに来てしまったんだろう」

渉は窓の外に続く灰色の建物を見ながら思った。

こんなふうに過ごすのはもう4日目。はじめての海外はアラスカ・アンカレッジ経由という、なぜか地球の裏側を回る恐ろしく長いフライトだった。西ドイツ・フランクフルトに到着して1泊。列車移動した西ベルリンで1泊したまでは良かった。言葉に不自由はあったが何とかやってきた。ビールだってうまかった。金髪美女もいっぱいいた。華やかな街並みも悪くなかった。

それが壁を越えただけで、こんなになるなんて。西ベルリンから見た壁の向こうがこんなところだなんて。

どうしたのだろう、街が灰色だ。崩れかかったような昔の建物が続いている。

空も灰色。西ベルリンまではずっと一緒だった太陽が未だに顔を出さない。

空気がよどんでいる。薄くではあるが明らかに空気が濁っている。においがある。

なぜか誰も笑わない。顔のいかつさは西側も同じだったけど、この国には笑顔がない。

東ドイツ。首都、東ベルリン。

西ドイツが西ヨーロッパの経済大国であるように、この国は東ヨーロッパの優等生。東ヨーロッパでは最も経済が発展している国だという。

ドイツが、ベルリンが東西に分かれていることは知っていた。しかし東西の違いなど知らなかった。悪い印象など持っていなかった。ただ何の知識もなくやって来た。


それにしてもあの物々しい警備態勢はいったい何だったのだろう？　4日前、西ベルリンから入国したときの恐怖感は未だ生々しく残っている。

フリードリヒ通り駅の東ドイツ入国審査場。肩からライフル銃を下げた兵士が何人も行ったり来たりする。ときどき目が合う、睨まれる、目を背ける。長い列で1時間近く待たされただろうか、やっと渉の入国審査の番になった。笑顔のかけらもない蠟人形《ろうにんぎょう》のような表情の係官が渉をじっと睨む。提出したパスポートと入国書類に目を落としたかと思うと、また睨む。そんなことが何度か続いた。5分ほど経ったとき、いきなりパスポートを放り投げられた。入国審査が終わったらしい。係官が指差す方に進む。「早く行け」ということらしい。

フランクフルト空港での西ドイツ入国審査は違った。生まれてはじめての入国審査だったのだが、列が進むスピードが速かった。それなりに混み合っていたが、ほとんど待たなかった。どっしりとした係官の顔はいかつかったが、冷たさは感じなかった。そして何よりも入国審査場の明るさが違っていた。怖さなど全く感じなかった。

それがここ東側には色がない。そう、色彩がない。審査場だけじゃない、係官にも、列で待つ人々にも。それはまるで収容所の看守と囚人のようだ。

渉の人生においてフランクフルトに続く二度目の入国審査だが、その差があまりにも極端だ。入国審査を終え、係官が指差す方に進んでいくと、今度は別の太った係官が声を上げる。

「待て！」

また笑顔がない。何か面白くないことでもあったのか？　それとも笑うことが罪なのか？

「パスポートを見せろ！」

えっ、またパスポート？　さっき入国審査は終わっただろ！　もう首から下げている貴重品袋に入れてしまった。ちょっとやそっとじゃ出せやしない。

「早くしろ！」

日本人はせっかちだと聞いていたが、この国の人もせっかちなのか？　やっと取り出した赤いパスポートを取り上げると、パスポートの写真と渉の顔を交互にまじまじと見る。腰には拳銃がある。するとスーツケースを指差して言う。

「開けろ！」

ちょっと待ってくれ！　こんなところでこんな大きなスーツケースを開けてどうするんだ？　戸惑っていると笑顔のない顔にはじめて感情が表れた、ただし、怒りの。

「早くしろ！　俺は忙しいんだ！」

忙しいのならこんなことしなきゃいいのに、いったい何の意味があるのか？　パンパンに詰まったスーツケースをやっとの思いで台に載せて開けた。不審物でも調べるのだろうか？　この自称忙しい係官はずいぶんと暇なようだ。

「んっ？」でも何かおかしい。持ち物を調べている？　怪しいものがないか調べているというより、何かを探しているようだ。

「お前タバコは持っていないか？」

「僕はタバコは吸わない」

「畜生《シャイセ》！」

ひと言吐き捨てた蠟人形が悔しそうな感情をあらわにした。

「財布を見せろ！」

渉が差し出した財布を乱暴に取り上げ、中を探る。

「東ドイツの現金は持っていないだろうな！」

持っていない、持っているわけがない。東ドイツマルクは外貨ではない。日本ではもちろん、東ドイツ以外では入手できない。

「もういい、早く向こうへ行け！」

係官が指差す方には両替所があり、ここにも長い列ができている。渉の番になり、１００西ド

イツマルクを差し出すと、

「パスポートを出せ！」

またか、しばらくはしまわない方が良さそうだ。

「お前はいい、向こうへ行け！」

いいも何も両替しなければ電車にもタクシーにも乗れない！

「早く向こうへ行け！」

相変わらず笑顔がない。「こいつを笑わせたら賞金をやる」と言われても難しそうだ。

入国審査場を脱出すると同時に晴れて東ドイツ入国！　でも大してうれしくない……。

そう、そのときから灰色の世界が続いている。


駅からこの寮にたどり着くのもひと苦労だった。荷物も重いし土地勘もない。タクシーをつかまえればどうにかなると思っていたのだが甘かった。タクシー乗り場はあるのだが、タクシーはいつまで待っても来ない、来る気配がない。途方に暮れていると男が近づいてきた。

「タクシーを待っているのか？」

「うん、でも来そうにない」

「俺の車に乗せてやる」

えっ？　それは助かるが大丈夫か？　気をつけなければ、何せはじめての海外。ここは日本ではない。でもいくら待ってもタクシーは来そうにない。迷っている渉に男が言う。

「20マルクでどうだ？」

やっぱりこいつは商売だ。いわゆる白タクというやつ。でもここでいつまで待っていてもらちが明かない。

「必ずちゃんと送りとどけてくれ！」

「わかっているよ」

男はニヤッと笑った。この国で人が笑ったのをはじめて見た。

肝心なことを忘れていた。金がない、東ドイツマルクをまだ持っていない。

「西ドイツマルクしかないんだが……」

男はまたニヤッと笑って、

「それなら10西ドイツマルクでいいよ」

突然のディスカウント、さすがプロの白タク運転手。

10西ドイツマルク札ならあったはずだと、確認しようと取り出した財布が軽いことに渉は改めて気づいた。小銭入れを調べると昨日から取っておいた5西ドイツマルクコイン2枚がなくなっている。５００円玉と同じ大きさで気に入っていたのだが……。さっきのあの係官にやられた……。

男の車は古ぼけたクラッシックカーだった。古ぼけた国に古ぼけた車、何ともマッチしている。

スーツケースを積み、いざ出発となると、これが凄まじい。エンジンが暴れだす。巨大地震が襲ってきたかのように爆音が鳴り響く。縦揺れだけじゃない、横揺れも加わり、さらに斜め揺れも。前後左右上下、至るところに身体がぶつかりまくる。後部座席に座った渉は助手席の背もたれを抱え込んだ。

「大丈夫か？　どこか故障していないか？　おい！」

男は何事もなかったように運転を続ける。何せ揺れが激しい。どこかにつかまっていないと放り出される。かといって耳をふさいでいないとエンジン音が耳をつんざく。

15分ほど闘っただろうか。景色など見る余裕もなく、クラッシックカーは大きな建物の前に停まった。金を払うと男はまた爆音をとどろかせながら消えていった。

Storkower Str. 219（シュトルコバー通り　２１９番地）。

ベルリン・フンボルト大学・学生寮。

入り口から奥にある管理人室に行くと、おじさんが笑顔で迎えてくれた。ここが住まいになっていて、家族で住んでいるという。

「日本人ははじめてだ。よく来てくれた」

やはり日本人はいないのか。自ら日本人がいないところを望んだはずだが、なぜかちょっと心細くもなる。

集合住宅、いわゆる団地。何の色気もない、くすんだ大きな建物。ただの古い団地だ。築何十年か、そんなのはわからない。黒ずんで汚い。まぁ黒ずんでいるのはこの建物だけではないが……。周りにも同じような建物が立ち並んでいて、そのひとつが学生寮として使われている。ここは外国人留学生専用。

駅までは徒歩10分。Sバーン（市電）のシュトルコバー通り駅。近くには路面電車も通っているし、はじめて見るトロリーバスもやたらと目につく。

目の前にはKaufhalle《カウフハレ》というスーパーマーケット。

後で買い出しにと思ったが、そうそう、まだ両替をしていない。この国の金を持っていない。

「どこかで両替はできないかな？　今着いたばかりで東ドイツマルクがないんだ」

と、100西ドイツマルク札を見せると、

「俺が換えてやる！」

と慌てて住まいである管理人室に入っていった。すぐに東ドイツマルク札をわしづかみにして戻ってきた。しかもうれしそうに。渉が100西ドイツマルク札を手渡すと、手にしている東ドイツマルク札を数えはじめた。これまたうれしそうに。100、200、300、400、500。なぜか500東ドイツマルクを手渡そうとする。ちょっと待ってくれ、いくらはじめての日本人を歓迎してくれているとはいえ、これは多すぎる。公定レートは1対1。つまり100西ドイツマルクは100東ドイツマルクにしかならないはず。

「ダメだ、多すぎる。100マルクでいい」

「いいんだ、いいんだ」

と言って渉の手に握らせた。依然としてうれしそうに。

おじさんは渉のスーツケースを持って「部屋に案内する」とエレベーターに向かった。扉を自分で開けるかなり旧式のエレベーター。ひょっとして従業員用かと思ったがこれしかない。ここは学生寮、ホテルではない。

6階、624号室。ドアの右にブザーがある。おじさんが押すと「ブブ〜〜！」と、中で凄まじい音がする。「ピンポーン」などというおしゃれな音ではない。「ブブ〜〜！」何の色気もないけたたましい音。二日酔いで熟睡していても飛び起きてしまいそうな音だ。

誰もいないようでおじさんは持っていた鍵でドアを開ける。すると個室のドアが3つある。ひとつのドアは開いていて中が丸見えだ。誰もいない、荷物もない。空き部屋のようだ。

「こっちだよ」

おじさんはそう言うと隣の部屋を鍵で開けた。おじさんに続いて部屋に入ると、8畳ほどの部屋の大きな窓からは、この寮と同じような建物がいくつも見える。机と椅子、ベッド、タンス、小さな本棚。暖房はスチーム。それ以外は何もないごくごくシンプルな部屋。でもこれで腰を据えられる。

「何かあったらいつでも管理人室に来てくれ」

と言うと、おじさんは鍵を机の上に置いて出て行った。ひとつは624号室入り口、もうひとつはこの部屋の鍵が古びたキーホルダーにまとめられている。

スーツケースを開けて、取り出した辞書を机に置いた。続いて昨日西ベルリンで買ったラジカセも。日本から持ってきたカセットは「ビッグ・ギグ」と「ストレート・ライフ」だけ。あとは常にラジオでも流しておくつもりだった。

3部屋共同のシャワールーム、WC。申し訳程度のキッチンの下にはこれまた申し訳程度の小さな冷蔵庫がある。

すると開けっ放しにしていたドアの向こう、向かいの部屋のドアが開いた。薄暗い部屋の中から誰か出てくる。やけに彫りの深い顔で、髭を生やした細身の男だ。渉から握手を求めた。

「渉です、日本から来ました。よろしく」

男は一瞬驚いたようだった。

「俺はアサム、シリア人だ。今お祈りが終わったところだ」

シリア？　はてどこの国だったたか？

「恋人のシモンだ」

男の後ろで背の高いブロンドの女がパジャマ姿で手を振る。男より明らかに背が高く、気の強そうな顔をしている。フンボルト大学の学生で東ドイツ人だという。

周辺を歩いてみようと思い、外に出た。お腹もすいた。スーパーにも行きたい。とにかく何もない。買い出しをしなければ。

寮のすぐ前には駐車スペースがある。同じ車が5台ほど並んでいる。ここまでやって来たときに乗ったあの白タクと同じクラッシックカーだ。色はさえない白と青と黄色だけ。どれも古いのか、色は褪せ、剝げかけている。それにしても黒ずんだ建物が続いている。人の着ている服も鮮やかではない、どこかみすぼらしい。年配者だけではない、若者や子供たちが着ている服でさえ見栄えしない。古着屋で買ったような疲れきったお古のようだ。


とりあえず行き当たりばったり、食べ物屋とおぼしき店に入り、空いている席に座った。テーブルが5つにカウンター席が3つの小さな店。他に客は2人しかいない。いずれもビールを飲んでいる。

店員らしき若い女の人がカウンターの向こうで新聞を読んでいる。渉に気づかないのか？

「こんにちは」

相変わらず新聞を読み続けている。

「すみません！」

さっきより大きな声で言うとやっと振り向いた。面倒くさそうに渉を睨む。重い腰を上げやって来たこの人にも表情がない、蠟人形顔だ。「何しに来た？」とでも言わんばかりに。

「とりあえずビールと、それと何か食べ物はある？」

聞こえたのか、聞こえなかったのか？　店員は何も言わずカウンターの中に戻って行く。しばらくして面倒くさそうにビールとメニューを置く。

メニューを開いてビールをひと口飲むと何かが違う。確かに色はビール、アルコールも感じるし、ビールのような味もする。でも何かが違う。昨夜、西ベルリンで飲んだビールとは明らかに何かが違う。コクがない？　ビール特有の苦みがない？　これビール？

メニューも極端に種類が少ない。渉でもわかる単語があった。「Schnitzel《シュニッツェル》」いわゆるカツレツ。店員に「これを」とメニューを指差すと、また何も言わず引き返した。

しばらくして出てきたシュニッツェルは、確かにシュニッツェルだが温かくない、明らかな作り置き。茹でかけのしなびたジャガイモがふたつ添えられている。これでは食欲も失せる。

ビールは半分、シュニッツェルは3分の2残して店を出ることにした。

「すみません、お勘定！」

こちらではテーブルで会計することはフランクフルトで知った。きちんとしたレシートなどないのか、店員は手にしたメモ帳に金額を書く。

「4・5マルク」

10マルク札を出した。

「ありがとう」

店員ははじめて口を開いたが、蠟人形顔のまま定位置に戻ってしまった。

「おい、お釣りは？」と言おうとしてやめた。こんなところで言い合いしていたらいくら時間があっても足りない。ドイツ語での言い合いに勝てるわけがない。今日は管理人から４００マルクも多くもらったのだし、こんな店、早く出た方がいい。

まぁいい。これからもっともっといろいろなことがあるはずだ。

とりあえず食材でも買いにとスーパーへ向かった。店内に入ると、ここも色がない。一瞬倉庫にでも入り込んだかと思ったのだが、他の客も同じところから出入りしている。前方のレジにはかなり長い列ができている。間違いない、店内だ。とりあえず店内を一周。なぜだろう、極端に品が少ない。パンや牛乳、かろうじてジャガイモはあるが、他の野菜や果物は何もない。今日は品切れなのか？　仕方ない、カゴに入れたのはパンとヨーグルトだけ。レジの列はなかなか進まない。でも誰も文句を言わず、ただ待ち続けている。レジ係は他の店員と話を交わしながらあくまでマイペース。長い列ができていることを気にする様子はない。もう見慣れた蠟人形顔で仕事をしている。

西ベルリンのスーパーは日本と変わりなかった。日本より品が豊富に感じたのは見たこともないビールやワイン、チョコレートやグミが豊富だったからか？

それが一転、このスーパーは明らかに品が少ない。店仕舞い前なのか？

相変わらず面白くなさそうな蠟人形店員が面白くなさそうにアンティークのようなレジを打つ。面白くなさそうにお釣りを渡された。１円玉のようなアルミコインばかりだった。

渉はボクサーだった。粗削りだけど、それなりに期待されたボクサーだった。高校時代はインターハイにも出場した。卒業後はプロとしてやっていくはずだった。そしてプロになることまではできたのだけれど……。

ジュニア・バンタム級注1。リミットは52・16キロ。日頃トレーニングをし節制しながら、試合前には5キロ近く減量していた。渉の身長からすれば1階級上のバンタム、さらに上のジュニア・フェザー注2でもいいのだが、それは将来のことと考えていた。

日本人をはじめアジアや中南米に強い選手が多い階級で、世界的に見れば軽量級。

しかし渉はボクサータイプではなくインファイター。リーチが長い方ではないということもあったが、KOにこだわるボクサーだった。相手の懐に入り込み、打ち合いにのぞむ、明らかなインファイターだった。

ただしその代償は大きかった。2戦目までは周囲の期待通り、そして自分の予想通りTKO(テクニカルノックアウト)勝ち。3戦目、4ラウンドまで激しく打ち合った末の判定勝ちの後、異変が起こった。それまでもあった飛蚊症がひどくなり、視界に見える黒い点の数が多くなった。そして視界そのものが狭くなり、視力が著しく低下した。

網膜剥離だった。ボクサーの職業病であり致命傷。網膜剥離になったボクサーは二度とリングに上がることはできない注3。即刻引退するしか道はない。

グローブを捨て所属ジムを出た渉には何もなかった。

とにかくひとりになりたかった。遠くへ行きたかった。渉が知っている者などいないところへ、渉のことを知っている者など誰もいないところへ行きたかった。

地の果てにでも行って野垂れ死にしようかとも思った。

どこかの山奥で野獣にでもなろうかとも思った。

渉には縁のない留学などというものが流行りだしたのはいつからのことか。アメリカやイギリスで学ぼうとする者が身近にも何人かいた。

留学を斡旋する業者がいることをはじめて知り、訪ねてみた。

担当してくれた若い女の人は、持ってきた分厚いファイルをめくりながら、ところどころ説明してくれる。留学生を受け入れている世界各地の大学や語学学校が写真付きで出ている。寮やホームステイなどの設備、1カ月・半年・1年間の費用、留学を経験した人の感想なども記載されている。しかしそれはアメリカ、イギリス、カナダ、オーストラリアなどの英語圏ばかりだった。中学、高校で散々だった英語には興味がないことを告げると、今度は妙に薄いファイルを持ってきた。フランス、イタリア、西ドイツ、スペインと一枚ずつ簡単に説明してくれたのだが、なぜかそこだけ無言のまま次に進もうとする、それが東ドイツだった。写真はなく、他の情報も極端に少ない。ただ国名と費用が載っているだけだ。渉の目に留まった理由はただひとつ、他と比べてその費用が格段に安かったこと。

東ドイツ留学について尋ねると、担当者は明らかに困惑した。「前例がない」と言う。渉がどういうことかと問いただすと、「確かにこのように資料がある以上、斡旋はできるが過去に希望された方はなく、はじめてのことになる」と言う。そう言われると逆に興味がわく。担当者の困った顔を見ながら、渉の腹はほぼ決まった。

東ドイツ、オリンピックでよく耳にする国だ。

1カ月近くが経って、やっと担当者から電話があった。「首都ベルリンのフンボルト大学から連絡があり、外国人用のドイツ語コースならば用意ができ、寮も完備している」とのこと。

渉はとりあえず1年間を考え、必要ならば現地で延長できることを確認し、手続きをはじめた。決して留学が目的だったわけではない。ある程度の期間外国に滞在するには学生として行くのが最良の手段で、結果的にそうなっただけ。

ビザというものが必要らしく、必要書類をそろえ、東京の大使館なんてところにはじめて行った。物々しい警備のわりには小ぢんまりとしたビルの一室だった。

旅立つ前に少しでも習得しようと語学学校にも通った。講師の1人はドイツ人。もちろん西ドイツ人。笑顔の似合わないいかつい顔をした男の人で、渉の行き先を知ったその講師は、いかつい顔をさらにいかつくさせたのを今でもおぼえている。

渉も必死だった。これまで必死に勉強したことなどなかったのに……。

語学学校で知り合ったのが理美《さとみ》。理美は都内の大学で英文学を専攻するひとつ年上の女性。クラシック音楽が好きで、第二外国語であるドイツ語をさらに習得しようと通っていた。「女の子」ではない、「女性」という言葉がぴったりだった。今まで出会った誰よりも品があった。雰囲気が違った。いいにおいがした。そう、美しかった。年下で少しやんちゃな渉を心配してくれた。手なずけるようにかわいがってくれた。何度か抱いてくれた。

出発のとき「がんばってね、でもあまり無茶してはダメよ。ちゃんと目線を上げて。休みになったら会いに行くわ」と言って成田空港で見送ってくれた。

大人たちがバブル景気に浮かれる中、渉はひとり静かに日本を発った。

外国にあこがれていたわけではない。外国で成長しようなどと思ったわけでもない。他にやりたいことがなかっただけ。日本にはいたくなかっただけ。偶然と気まぐれが重なり、この国へとやって来た。

「ずいぶん遠くに来てしまった。西ドイツ、西ベルリンよりもずっと遠いところに……」

窓の外を見ながら、渉は改めて思った。

注1　現在のスーパーフライ級。　注2　現在のスーパーバンタム級。

注3　現在は完治すれば現役続行が可能。

灰色の国　灰色の街

大学がはじまるまであと3日。あれからも毎日周辺を歩き続けた。相変わらず色彩がない。灰色の街並みが続いている。夜は夜で灯りが乏しい。電力不足なのか、闇に包まれているようだ。ただし驚くことはなくなった。慣れてきたのか……。

寮にレストランやカフェはない。食事は申し訳程度のキッチンで自炊するか外食。スーパーには毎日行っている。相変わらず連日閉店セールの後のようで品数が少ない。ジャガイモはあるが、その他の野菜や果物は皆無。あれから買ったのはパンとマーガリン。これが主食。それにビール(らしきもの)、ミネラルウォーター、コーラも。コカ・コーラではない東ドイツ産の「クルプ・コーラ」は腐っているのか、薬そのものの味がしたのでひと口飲んで捨ててしまった。以降二度と買うことはなかった。肉はいつもあるが、まだ買ったことはない。魚コーナーもあることはある。鯉か？　水槽の中で淡水魚が泳いでいる。客が指差した水槽の魚を店員が網ですくう。驚いたのはその後、まな板の上で跳ねているその魚を、店員が木づちで思いっきり叩く。動かなくなった魚を何事もなかったように新聞紙にくるんで渡す。客も何事もなかったように受け取り、去っていく。日本人のことを、ピクピク動いている刺身を食べるとか鯨を食べるなどと非難する者がいるが、これは何なんだ？

魚コーナーには他に缶詰めと燻製があった。何げなく買った燻製はまだそれなりに食べることができた。何の魚かはわからない。店員に尋ねても「魚」という答えしか返ってこなかった。食用の魚であると願うばかりだが……。

パンは大きめの黒パンと小さな白いコッペパン。黒パンは少し酸っぱい。いずれも顎が丈夫になるほど硬い。でも他に食べるものがない。

車はあのクラッシックカーばかり。爆音をとどろかせ、真っ黒い排気ガスを吐き出して行く。ごくまれに旧式のマツダ・ファミリアが自慢げに走っている。日本では中古の中古だが、この国ではなぜか輝いて見える。

Ｓバーン（市電）にも乗ってみた。自動切符売り場はない。入り口にある箱に料金を入れハンドルを手で回すと紙切れが出てくる。これが切符。


今日は中心地へと向かう前に郵便局に寄った。昨夜理美に書いた手紙を出すために。「無事着いてそれなりに過ごしている」というだけの内容。変に嘘を書きたくはないし、弱い自分を見せたくもない。自分でもあきれるほど素っ気ない内容。封筒の裏には改めて寮の住所、そして部屋番号を記した。切手を買おうと４つあるカウンターのうち、一番手前のところに行くと、

「私は今、休憩中」

恰幅のいいおばさん従業員が無愛想に言う。その隣も、そのまた隣も「休憩中」。結局は1つのカウンターしかオープンしていない。

Sバーンで中心地アレキサンダー広場に着くと、駅を出てすぐのところに東京タワーより大きなテレビ塔がそびえている。これがこの街のシンボルらしい。

一度外観だけでも大学を見ておこうと、大通りウンター・デン・リンデンを歩く。シュプレー川を渡り大きな教会、ガラス張りの建物を通り過ぎると、なぜか神殿風、宮殿風の建物が多い。色彩がないのは相変わらずだが、灰色の街並みはもうさほど気にならなくなった。

どうやらここらしい。これも宮殿風の建物に学生たちが吸い込まれていく。渉もその1人になる。といっても期待感はない。不安もさほどない。

突き当たりまで歩いて行こうとウンター・デン・リンデンを再び歩きはじめる。これまた大きな宮殿風の建物。入り口には大きな旗、国旗らしき旗がある。ソ連？　この大きな建物はソ連大使館か……。

だんだんと警備兵が多くなってきた。前方にはブランデンブルク門。その手前には鉄柵が張り巡らされ左右奥まで延々と続いている。ブランデンブルク門の向こうには国境である「ベルリンの壁」が見える。その壁の向こうは西ベルリン。

警備兵はさらに多くなった。これ以上は近づくことはできない。すぐ近くなのだが、壁を越えて西ベルリンへ行くことなど不可能だ。目の前の鉄柵からベルリンの壁までが「死の地帯」といわれる緩衝地帯。足を踏み入れれば容赦なくライフルの標的になってしまう。警備兵が常に行き交い、監視塔もところどころにあり、大型犬も放たれている。射撃の的にならなくても犬の餌食になってしまう。

東西ドイツが分断されてからも西ベルリンへの移動ができたこの街。西への人口流出を防ぐため1961年8月13日、東ドイツは突如として西ベルリン周囲を壁で囲ってしまった。はじめは有刺鉄線のようなもので人の往来を防いだのだが、壁は徐々に強固なものになり、まさに「冷たい壁」となった。

西ベルリンは完全な陸の孤島。民主国家・西ドイツの一部でありながら、独裁国家・東ドイツ内に位置する陸の孤島となった。

ただし西ベルリンに不自由はない。東ドイツ内にありながら自由と活気に満ちた民主主義のシンボルでもあった。そして東ドイツ国民にとっては、すぐそこにありながら手が届くことのない「あこがれの地」でもあった。

西ベルリンでは何の問題もなく壁に近づくことができ、触ることもできる。その存在を否定するように、壁は落書きで埋め尽くされている。ところどころに展望台が設けられ、壁の向こうの独裁国家・東ドイツをあざ笑うようにのぞき見ることができる。

しかし東ベルリンでは壁には近づくことさえできない。緩衝地帯に一歩でも入れば身柄を拘束される。場合によっては銃口を向けられ、命を落とすことになる。ベルリンの壁建設当初は、壁そのものが強固ではなく警備態勢も十分ではなかったため亡命できた者もいたのだが、その可能性は壁が強固になるにつれ徐々に低くなり、今日では限りなく不可能に近づいた。しかし自由を求め西を目指そうとする者は絶えない。それは今でも。

フンボルト大学

大学がはじまる。初日は指定された時間に指定された教室に行くだけ。

単に地名で「ベルリン大学」と呼ぶ人もいる。またはそれぞれの大学についている固有名詞で呼ぶ人もいる。この大学は創立者ヴィルヘルム・フォン・フンボルトの名がついている。「フンボルト大学」と呼ばれることが多い。

入り口で学生証を見せ、3階へ上がる。宮殿風の建物は階段数が多く、日本の5階くらいの感覚だ。教室に入るとすでに十数人がいる。男も女も、席についている者もいれば、何人かで話し込んでいる者もいる。話し込んでいるヨーロッパ人だと思える者の中にはアジア系の女の人がいる。みんな渉よりは年上のようだ。そして明らかにアジア人だとわかる男4人がひとかたまりになって話し込んでいる。４人とも背が高く体格がいい。席は決まっていないようなので、渉は後方窓側の席に座った。さらに何人かが教室に入ってきた。その中に小柄なアジア人の男が１人。最終的に20人くらいになった。

８時30分、講師らしい女の人が入ってきて教壇に立った。

「担任のメーベス、Dr.メーベスです」

笑顔のない機械的な挨拶。その目は１人１人に鋭く向けられる。あまりにも流暢なドイツ語。ドイツ人のドイツ語。すべてはわからないが、これからの授業内容を話しているようだ。

月曜から金曜。朝８時30分から。ひとつの授業は90分。午前と午後に２授業ずつ。文法、単語、発音、会話、討論などをやる。授業により教室が変わるらしい。事務関連、その他のことは国際課が担当するのでいつでも訪ねてほしいとのこと。使用する教科書が記されたプリントが配られ、アレキサンダー広場の書店で購入するように言われた。

ドイツ語コースのクラスなので、ここにいる者は全員外国人、ドイツ人ではない。みんな理解できたのだろうか？　あのアジア人たちは？　ちょっと気になった。

「それではみなさん、自己紹介を兼ねてひと言お願いします」

ちょっとあせった。もちろんこういうことになるとは思っていたが……。

前方廊下側の席からはじまった。

「ベロニカです。ポーランドから来ました。専門は音楽です。この国で演奏したく、まずはドイツ語を習得しようとこのコースに参加しました」

「ソ連からやって来たザハールです。将来はここで医学を学ぼうと思います」

「ジーナです。私もソ連人です。ゆくゆくは哲学を勉強しようと思います」

あのアジア系の女の人はソ連人。まぁ広い国だからいろいろな民族がいるのだろう。

「同じくソ連から来たライサです。来年から医学部に通います」

「エレナです。チェコスロバキアから来ました。母国でドイツ語を教えるのが夢です」

若くてきれいな人だ。

「ブルガリアから来たニーナです。この大学で勉強するのが夢でした」

「モニカです。ルーマニア人です。昨年この国の人と結婚しました」

何人かが冷やかしの声を上げる。

みんなヨーロッパ人だということはわかるが、聞き慣れない国名が多い。聞いたことはあるが
どこにある国なのかがわからない。

あのアジア4人組の番になった。

「チェです。韓国から来ました。将来は通訳になります」

韓国人か……。言われてみれば韓国系の顔をしている。

「キムです。外交官になります」

「パクです。医者になります」

「チョンです。私も医者になります」

4人ともドイツ語がうまい。発音もいい。ドイツ語をはじめてからかなり経つようだ。

それにしてもみんなはっきりとした将来の目標がある。渉は自分の番になったら何と言おうか迷った。まぁ医者でも通訳でも適当なことを言えばいいか……。

やがて小柄なアジア人に回ってきた。

「ラオスから来たプーミです。ドイツ語を勉強したいです」

ドイツ語がたどたどしい。親しみがわく。

渉の番になった。

「渉です。日本からやって来ました」

と言った瞬間に全員が渉の方を向いた。顔を向けただけではない。迫ってくるように全身をこちらに向け、見つめたのだ。なぜかはわからない。それまではただ流れるように進んでいた自己紹介がピタッと止まったのだ。渉は一瞬恐怖を感じた。

黙り込んだ渉にヨーロッパ人たちが笑みを浮かべた。


今日は午前で終わる。でもあとひとつ授業がある。自己紹介後の休憩中、誰かが渉の肩を後ろから軽く叩いた。振り向くと医学を学ぶと言ったソ連人が握手を求めている。

「はじめまして、ザハールです」

その後ろにヨーロッパ人が何人もいて同様に挨拶してくれた。

改めて名乗った、あのきれいなチェコスロバキア人「エレナ」という名前だけはすぐにおぼえた。歳は渉と同じくらい、クラスでは一番若いくらいだろう。細身で身長も渉と同じくらい。茶色の髪は染めたのではなく、目の前ではじめて見るナチュラルな輝きだった。そして表情が冷たい、凍りつくように。笑顔になると幾分和らぐものの、その冷たさがなくなることはない。

きっとみんな日本人が珍しいのだろうか、それとも仲間もいずに1人でいた渉に同情したのだろうか。

「日本のどこから来たの?」

「東京だよ」

「いいなぁ」

みんな小さく微笑んでいる。

「東京に来たことあるのかい?」

ザハールとその横の男は肩をすくめた。

韓国4人組は、また自分たちでかたまって話し込んでいる。

ラオス人のプーミには渉から声をかけた。渉より3~4歳上だろうか。人懐っこい笑顔が返ってきた。渉の身長は167センチ。軽量級ボクサーとしては大きい方だが、一般的にはさほどでもない。ここ東ドイツではいたって小さい方だ。その渉よりプーミはひと回り小さい。160センチあるかどうかだ。

休憩が終わるとDr.メーベスに続いて2人の女の人が入ってきた。明日からの講師で、他にも講師はいるが今は講義中とのこと。2人の講師の自己紹介があり、あとは雑談だった。

「学生食堂では2マルクで定食を食べることができる」と言えば、誰かが「でも、まずい」と言う。「テレビ塔のふもとにあるレストランが素晴らしい」と言えば、誰かが「でも、高い」と言う。講師の1人は「来月モスクワに行く」などなど。住まいの話になると、結婚している人はもちろん家族で住んでいるが、他はみんな学生寮に住んでいるとのこと。渉がシュトルコバー通りの学生寮に住んでいると言うと、みんなは別の寮だということがわかった。学生寮は何カ所にもあって、外国人だけでなく、東ドイツ人学生も寮住まいが多いらしい。

授業が終わると多くの人が「じゃ、また明日！」と言って手を振ったり、握手を求めてくれた。何人かはもう渉の名前をおぼえてくれたようだ。ちょっと発音は変だけど……。

この国に来て無愛想な人ばかり見てきたせいか、なぜか不自然に感じる。

「じゃあね！」

エレナには渉から声をかけた。少しだけ笑顔になりウインクを返してくる。

プーミにも言うと相変わらず人懐っこい笑顔を浮かべた。

横から韓国4人組のキムがやって来た。もう上着をはおり、帰る準備を整えている。茶色いハンチングが妙に似合っている。

「また明日」
握手を求められた。握りが強い。渉よりひと回り大きいだろうか、肩幅も広い。何よりも目つきが鋭い。キムだけじゃない、他の3人も大きい。3人はキムの後ろで、渉を睨むように見ていた。

無事、大学の1日目が終わる。といっても授業はまだはじまってもいない。今日は準備運動のようなもの。でも親切に接してくれた人が多かったせいか、大きな不安はなかった。
理美に伝えたかった。理美はいつも言葉少なく、渉を年下の者としてかわいがってくれた。恋人というよりは弟という感じだったのかもしれない。渉は人に甘えたことなどなかった。甘えるということがどういうことかも知らなかった。でも理美には甘えていた。甘えたかったのではなく、理美が渉をそうさせていた。理美は渉がこんな遠いところで1人でいることを心配しているだろうか……。

大学を出た渉はアレキサンダー広場へと向かった。授業で使う教科書を書店で買った後、さっき話題になったテレビ塔のふもとのレストランに行ってみた。平日の昼ということでさほど混んではいない。ウエイターはみなスーツ姿でネクタイもきちんと締めている。マネージャーらしき蝶ネクタイをした男の人がやって来た。「1人」だと告げると少し考えた後、うなずきながらも何か納得のいかない表情でテーブルに案内した。渡されたメニューを見ると確かに高い。前菜が10マルクほど。セットメニューは20マルク以上する。でも今日はいい、景気づけだ。初日に寮の管理人のおじさんと両替した東ドイツマルクはほとんど使っていない。というより使うところがなかった。

授業は思いのほかハードだった。当然ながらすべてドイツ語。まずスピードについていけない。ボキャブラリーだって足りない。渉とプーミは何度も訊き返す。進行妨げ役だ。再び説明してくれるのだが、それもわからず失笑を買う。他の者たちのドイツ語力は明らかに渉より上、はるかに上。何の問題もなく授業についていっている。ヨーロッパ人から見れば同じアルファベットを使っているし、方言のようなものなのか？　こっちは漢字と仮名で生活してきた身だ。ハンディキャップがある。おそらく渉はこの大学で一番バカなのかもしれない。きっとそうだろう、間違いなくそうだろう。もし渉が一番バカではないとしたら、一番はプーミで渉は僅差でその次。2人で一番を争っている。これは間違いない。

それにしてもあの韓国4人組は何者だ？　渉やプーミと同じアジア人なのに何の問題もなく授業をこなしている。通訳や外交官、医者になると断言している連中だ。しょせん知能指数が違うのだろう。

寮に帰ってからも当然忙しい。その日にやったことすべてを復習し、授業中は理解できなかったほとんどのことを改めて理解しようとする。そして予習。翌日やることを辞書を片手に教科書を調べ上げる。討論の授業では与えられたテーマについて話し続けることができるように、いくつものパターンを想定し文章を頭に叩き込んでおかなければならない。教科書以外にも講師に指定された本を読み、その感想をドイツ語で言わなければならない。

ドイツ語はヨーロッパの主要言語の中でも難しい言葉だと言われる。発音はさほどでもないが、とにかく文法が複雑だ。名詞には性がある。男性、女性、中性。性によっても使い方によっても冠詞が何通りにも変化する。形容詞も同様に。

渉が日本から持参したのは独和と和独の両辞書、表現集辞典、単語集。ノートは3冊だけ。他に筆記用具はひと通り持ってきた。はじめは気になって仕方なかったのだが、こちらで買った教科書の紙質の悪さなど気にする暇などないほど授業には緊張感があり、寮に帰っても忙しかった。

日本である程度の語学力がついたとうぬぼれていた。確かに語学学校のクラスでは問題なく理解できたし、講師に褒められることも多かった。しかし日本の語学学校とこちらの大学とでは次元がまるで違う。

クラスメートたちは一様に優しかった。渉をかばってくれた。理解力が足りずに授業が中断すると、あらゆる手段で説明してくれた。あるときはジェスチャーで、あるときは絵を描いて。渉も必死だった。1日目より2日目、1週間目より2週間目、1カ月目より2カ月目というように徐々にではあるが上達していったのだと思う。相変わらず大学一のバカを争う身ではあったが……。耳が慣れてきたのか理解力が増していった。ボキャブラリーも増えていった。討論の授業でも意見を挟めるようになった。すると精神的な余裕が生まれた。時間的にも余裕ができた。

理美から手紙が届いたのはこちらに来て1カ月ほど経った頃。大学生活に悪戦苦闘しているときだった。寮の住所、部屋番号を明記した渉からの手紙が無事理美に届いたということだ。日本は一時の暑さもおさまり季節の変わり目に入ったとのこと。月並みな手紙だがうれしかった。

「休みになったらベルリンに行こうと思う」と最後に書いていた。

理美にはこの国が想像できるだろうか？　渉がこれほどもがいていることがわかるだろうか？　渉はレターセットを取り出し、「毎日慌ただしく過ごしている。まだまだだけど、どうにかやっている」。またしても飾り気のない文章。でも嘘ではない。そして最後に「待っている」と綴った。

不安ばかりではなかった。やっとどうにかなりそうなきっかけが見えてきたところだった。

主な授業は教科書に沿って行われた。ただし討論の授業に教科書はない。事前にテーマを与えられるときもあれば、授業のはじめに突然テーマが与えられるときもある。テーマはなく自由に話したいことを話す、いわゆるフリーディスカッションのときもある。この国にやってきた外国人がこの国の言葉で言い合う時間。特に盛り上がるのがこの授業で、誰かが意見を言えば必ず別の誰かが異を唱える。その意見に対してまた賛成意見、反対意見が次々と出てくる。ここで黙っていては存在そのものが疑われる。とにかく何かを言わなければならない。それがたとえ間違った意見だとしても、ドイツ語が不正確であったとしても。

それにしても韓国４人組はよく話す。ときに４人が次々と話すので誰も口を挟むことができない。４人だけの授業かと思うことがある。渉とプーミは存在が薄い。同じアジア人でもこうも違うのか……。

この日は講師のマウアーが「東ドイツの医療制度について話そう」ということではじまった。きっと医者志望の者が何人かいるからだろう。

「この国の医療は世界でもトップクラスで、医学はドイツが発展させた」

マウアーが切り出した。

「当然、その最先端医療を東ドイツ国民誰もが無料で受けることができる」

これは知らなかった。他に不思議そうな顔をしている者はいない。マウアーは自慢げに渉を見つめる。

「命がかかっているから当然のことだ」

「私の国は東ドイツほど進んでいないが、やはり無料で受けられる」

などといくつか意見が出た。

「さらにあなたたち外国人留学生も無料で受けることができるのです」

マウアーはさらに自慢げに渉を見ながら続けた。

「渉、日本はどうなの？」

「無料ではない。でも保険制度が整っていて、それほど高額ではないはずです」

みんなが渉を見る。

「でも失業者など収入のない人はどうするの？」

「高齢者はどうなっているの？」

そんなのわからない。言葉を失いかけるが何かを言わなければ……。

「でも日本は長寿国で、もともとそれほど医療を必要としないんだ」

かなり出まかせだ。失笑が聞こえる。４人組の１人パクが「ほれ見ろ！」というように鋭い視線を向ける。

「だから西側の国はいけない！　医療もきちんと受けられないからエイズのような病気が蔓延するのです！　ここ東ドイツにエイズなど存在しません！」

マウアーは力強く言うと、大きな音を立てて鼻をかんだ。

「でも、この国の病院は待ち時間が長いなぁ」

医者志望のソ連人、ザハールが助けてくれる。

この国に来て、まだ病院に行ったことはない。どこに病院があるのかもわからない。できることならずっと行きたくない。ただしマウアーの言うような最先端の医療がこの国にあるとは思えない。西ドイツならともかく……。

「チェの国ではどうなんだい？」

渉は韓国4人組の1人に訊いてみた。こういうときは誰かに振って間を取るにかぎる。

「最先端ではないけど、もちろん無料だよ」

「プーミは？」

一応訊いてみた。

「うん、タダだよ」

ひと言で終わるが笑顔は続く。

そうか、世界は医療費がかからない国が多いのか。渉ははじめての海外で、他の国のことなど知らなかった。比べようがなかった。今でも知らないことだらけだ。

「でも日本では救急車は無料だよ」

渉が言った。海外では有料の国が多いと日本を発つ前に知らされた。

「はて、救急車が有料の国などあるのでしょうか？」

マウアーは怪訝な顔をし、また音を立てて鼻をかんだ。

海外では医療はもちろん救急車まで有料だと言われ、保険加入を勧められた。あまりに高額で入らなかったのだが、今となっては正解だったようだ。

プロウスト

東ドイツの素晴らしさを押しつけられるような授業が終わったときのこと。帰り支度をしているとザハールがやって来て、「一緒に飲みに行かないか?」と言う。別に断る理由もない。同じく医者志望のライサ、他にもジーナやベロニカ、そしてエレナも。喜んで行くことにした。大学からちょっと歩いたハッケッシャーマルクトという地区にある小さな小汚いレストランだった。この国ではきれいなレストランの方が珍しい。総勢9人。まずは全員ビールを注文した。ザハールとライサはよくここに来るという。エレナははじめて。ザハールが何やら早口でウエイターと話している。

ビールがきた、乾杯する。ビールは何度飲んでもやはりおいしいとは思えない。色は確かにビールだし、飲んでいればそれなりに酔えるのだが……。

「渉はなぜこの国に来たの?」

ベロニカと同じポーランド人のアンナが言うと、みんな興味深そうに渉を見る。授業でもそんな話題になったことがあるが「ドイツ文学が好きで」「この国のスポーツ選手にあこがれて」などといつも適当に答えていた。それ以上突っ込まれたらややこしいことになる。そもそも渉の場合は大した理由があるわけではないのだから。

「僕はみんなのように医学や音楽を専門的に勉強しようとして来たわけじゃないんだ。ただドイツに興味があって、ドイツ語を勉強したかったから」

別にカッコつける必要もない、仲間とのしかも酒の席だ。半分だけ正直に言った。

「じゃあ、なぜこの国に？」

ベロニカが間髪を入れず訊いてくる。

「なぜ西ドイツじゃなくてこの東ドイツに？」

渉がまばたきをしているとブルガリア人のニーナも訊いてきた。静まり返り、注目が集まる。

「西は日本人が多いからね。まずドイツ語を勉強したかったから、それなら日本人がいない方がいいと思って」

これは本当だった。「今はちょっと後悔しているけど……」と言いたくなったがやめた。

「東京は大きな街なんでしょ？」

「いい車がいっぱい走っているのよね！」

「みんな素敵な服を着ているんでしょ？」

「みんながみんな、空手がうまいのよね」

「東京にも忍者はいっぱいいるの？」

「今でもハラキリをやるの？」

矢継ぎ早に質問してくる。みんな日本に興味があるようだ。ちょっと勘違いしているようだけど……。

エレナはひとり静かだったが、目はしっかりと渉に向けている。

ときどき渉以外のみんなが互いに話す言葉がドイツ語ではない。

「ロシア語？」と訊くとみんながうなずく。

そういえばこの国だけでなく、東ヨーロッパの国々では第1外国語はロシア語だ。ベロニカ、アンナ、ニーナ、エレナも話せるのだろう。

「でもロシア語なんて誰も好きじゃないけどね」

エレナがはじめて口を開くとみんなが笑った。

ウエイターがショットグラスを人数分持って来た。日本酒のような無色透明の液体が入っている。

「乾杯《プロウスト》！」

ザハールが言うとみんなも「プロウスト！」と言い、一気に飲み干した。渉も続いた。濃い！ウオツカか？

「これはシュナップスよ」

しかめっ面の渉にライサが教えてくれた。穀物や果実から造る蒸留酒でアルコール40パーセントくらいあるという。

「この国じゃ酔いたいときはこれよ」

ウエイターが再び人数分のショットグラスを持って来ると、渉に握手を求めた。

「日本人だって⁉」

誰かが伝えたのだろう。興味深そうに渉を見つめながら言う。

「俺はてっきりベトナム人かと思ったよ」

握手に力がこもった。そういえばこの国に来てから、日本ではあまり見かけないアジア人をよく見る。中国人でも韓国人でもない。日本では見たことのない、細身で浅黒い肌をした人たちだ。大学にはいない、街中でよく見かける。あれがベトナム人かもしれない。

「あいつらはこの国にやって来て好き勝手なことをしているよ。そうか、お前は日本人か！」

喜んでくれているので嫌な気はしなかった。

その後もシュナップスが続いた。当然のようにストレートで飲み続ける。

会話が途絶えると「プロウスト！」になる。みんな酒好きだ、エレナも強い。ちょっと顔が赤くなった程度でペースは落ちない。

渉は決して強くはないが好きな方だ、弱くはない。未成年ながら日本では酒を飲む機会が多かった。子供の頃から、親戚の集まりなどではよく飲まされた。それでも酔っぱらったおやじたちと過ごすのがなぜか嫌いではなかった。その後で小遣いをもらえることが多かったからか……。

高校に入ってからは仲間と居酒屋に行くこともあった。酒屋で買って公園で飲むこともあった。おかげでビールとジンフィズの味はすっかりおぼえてしまった。

　みんな上機嫌だ。

「またみんなで飲もう！」

「今度は寮の俺の部屋に遊びに来いよ！」

「いいえ、モニカの家にみんなで押しかけましょう！　新婚らしいわ！」

「先生たちはダメ！　あれは毒されている」

「あの韓国４人組はもっとダメ！　いつも４人だけでいる」

「こんな国クソ食らえ！」

「壁なんか吹っ飛ばしてやる！」

酒の勢いというのはすごいものだ。

　みんなそれぞれの寮の方向へ向かうことにした。「散歩がてらアレキサンダー広場の駅まで歩く」と渉が言うと、エレナも一緒に来るという。エレナの寮は東駅の近く。ここからＳバーン（市電）に乗ればそう離れてはいない。

「渉はこんなに遠くに来て寂しくないの？」

「えっ？」

突然の質問に渉は少しだけ戸惑った。

「まだそんなこと感じている暇はないよ。授業についていくだけで精一杯」

我ながらまともな返答だ。

「エレナは？」

「私は帰ろうと思えばすぐ帰れるから」

確かにそうだ。渉はずいぶんと遠くに来てしまった。こんな遠いところで異国の人と酒を飲み、きれいな女の人と一緒に歩いているなんて、数カ月前は考えもしなかった。

「渉、ガールフレンドは？」

「うん、きっといる」

「きっと？」

「こんなに離れているから」

エレナは渉を見なかった。


「いつかあそこに上りましょう！」

駅に着くとエレナがテレビ塔を指差して言った。

いつもは鋭い獣のように冷たさが全身を貫いているのだが、今日はほろ酔い加減のエレナがきれいだ……。

「えっ！」

渉が見つめているとエレナが頬にキスをしてきた。突然でびっくりした。恥ずかしかった。照れながら立ち尽くしている渉を小ばかにするように、エレナは今度は反対の頬にキスをした。そしてウインクをして足早に東駅方面のプラットホームへと向かっていった。

渉はテレビ塔を見上げた。

これも酒の勢いか……。

もう1人、きれいな人がいる。単語の授業のブルックナー先生だ。胸とお尻は大きいが、足が細く顔が小さい。歳は30代半ばくらいだろうか。講師の中では一番若い。いつも笑顔で渉を見つめる。渉の勘違いではない、授業中明らかに渉を見る回数が多い。

単語の授業といってもその単語を用いた例文がいくつも提示され文法力も必要になる。もちろん途中で発言を求められたり、こちらが質問するときもある。そうすれば会話力も必要になり、会話になれば発音も学ぶ。討論以外の授業はどれも似ている。

明らかに単語力が不足している渉を見かねてだろうか、何とブルックナーは週2回、渉だけに個人レッスンをしてくれた。プーミよりも劣っているのかと、渉ははじめは気になった。

午後の授業が終わった後、空いている教室や中庭のベンチで。大学の敷地から出てカフェやベルリン大聖堂前のガラス張りの建物「共和国宮殿」でやることもある。教科書はない。持ってきてくれるプリントを読んで文章や単語をチェックしたり、ただ読み流すこともある。2人で単に雑談することもある。渉にとっては会話力もつくし、新たな単語をおぼえることもできる。

大学の授業で疲れた身ではあるが、何とも楽しい時間だ。ブルックナーは花が好きで、いくつかの花の名前を教えてくれた。そして日本のことを知りたがった。音楽や食べ物、スポーツ。どこで知ったのか、富士山や新幹線についても尋ねてきた。ブルックナーは独身、離婚経験者だった。


どの地にもきれいな人はいる。もちろん、そうでない人も。きれいな人が身近にいるおかげで少しだけ楽しくなる。

子供のようでバカみたいだが……。

毎日が少しだけ楽しくなる。昨日を振り返ることを忘れ、明日を迎えることが怖くなくなる。

渉は自分の単純さがおかしかった……。

大学でも寮でもよく声をかけられるようになった。相変わらず渉の名をきちんと発音できる人は少なかったが……。「誰だっけ？」「会ったことあるかな？」という人も多かったが、知り合いが増えていった。孤独を感じることは少なくなっていった。


この国には秋が突然訪れる。ついこの前までは汗をかくこともあったのだが。朝晩はもちろんのこと、日中でも灰色の空が続き肌寒い。街並みは相変わらず灰色だが……。

クラス仲間とよく行くハッケッシャーマルクトの小汚いレストランでも、もう外のテーブルには座っていられない。最近ではタバコの煙が充満している室内だ。みんな酒をよく飲むがタバコもよく吸う。吸わないのはジーナ、ニーナ、エレナ、そして渉。医者志望のザハールとライサも吸う。喫煙マナーなどあったもんじゃない。

それにしてもこの国のタバコの臭いはきつい。日本のタバコとは明らかに違う臭いがする。みんなで飲んで話すのは楽しいが、臭いが服にしみついてなかなか取れないのが難だ。

「おい渉、もう彼女はできたか？」

来年から建築学科に進むパベルがシュナップスを飲みながら言ってきた。

「まだドイツ語の勉強で忙しいよ」

みんなの前ではこんな煮え切らない返答は一番嫌われる。

「ドイツ語習得の近道は彼女をつくることよ」

「3～4人は必要よ」

案の定突っ込まれた。

「でもドイツ人はちょっとねぇ」

東ドイツ人の夫を持つモニカのひと言にみんなが笑ってうなずく。

「でも渉、お前は気をつけろよ。若いんだから」

ザハールの言わんとしていることは、まぁ若いといろいろと間違いを犯しかねないということなのだろう。みんな、渉とエレナよりは明らかに年上だ、おそらくひと回り近く。ただし授業でもこのような場でも、年齢を訊くことも訊かれることもない。どうでもいいことなのだろう。

渉は日本にいるときに何人かの人と付き合った。人並みに経験もした。それもまぁ、どうでもいいことなのだが……。

「国際課の人だって、学食の人だってお前ばかり見てるだろ」

「あのウエイトレスだってそうだよ」

そんなことを言われても渉にはわからない。急にカッコよくなったわけがない。

渉はクラスではおそらく一番若い。加えて日本人は実年齢より若く見られるのか。

年上のみんなから見ればどこか幼く頼りなく、ひょっとしたらかわいらしく見られているのかもしれない。

パベルとザハールが立て続けに言いながら、カウンター近くにいるウエイトレスに手を振る。

渉もつられて手を振ると、たちまち笑顔になり手を振り返してきた。ドイツ人に多いビア樽体型。ウエストとヒップの境い目がどこなのかわからない。

「ブルックナーだってお前に気があるよ」

パベルが言うとベロニカが笑いながら言う。

「そういえば、この前2人で歩いていたわね」

酔うとどうでもいいことを言ってくるのが、こいつらの悪いところだ。エレナは黙ってシュナップスを飲んでいる。

「いいなぁ、お前はやりたい放題だ」

「おかしな病気もらわないでね」

「エイズになったら俺が治してやる。なぁ、渉！」

「あら、エイズは東にはない、西にしかない病気ってことになってるみたいよ」

「大丈夫だよ、渉。どんどんやれよ！」

みんなの視線が集まる。渉は身の置きどころに困った。

こんなとき渉はちょっとしたパニック状態になる。みんなに注目されている。何かを言わなければならないのに、何を言えばいいのかわからない。何かをしなければならないのに、何をしたらいいのかわからない。

なぜか渉は腕をかまえた。自分でも何をしているのかわからない。

そして声を上げた。

「アチョ〜〜！」

不意を突かれたみんなは一瞬驚いたようだったが、すぐに大声で笑った。

ハッケッシャーマルクトのレストランで飲んだ後は、いつもエレナとアレキサンダー広場を通り、駅まで歩く。中心地だというのに灯りが乏しい。夜は闇の中にいるようだ。

「寒くなったね」

黙ってうなずくエレナは、闇の中でもいつも通りきれいだ。

「まだテレビ塔に上っていないね。来週行こうか」

エレナが今度はうれしそうにうなずく。そしてキスをしてきた、今日は唇に。

寮生活

寮に帰る前にスーパーに立ち寄った。相変わらず殺風景な店内。いつも買う物はだいたい決まっている。ビール、正確にはビールのようなもの。ミネラルウォーター、パン、魚の燻製。チーズがあればチーズ、毎回あるわけではない。東ドイツのコーラはもう眼中にはない。今日は米を見つけたので思い切って買ってみた。といっても1キロわずか1マルク（80円）だが。表示を見るとこの米はベトナム産。鍋で炊いてみるか。

そうそう、魚の燻製をフライパンで温めていると、向かいの部屋のシリア人、アサムはたちまち怒りだす。「お前、死んだ魚なんかよく食えるな！」と。肉を食べないベジタリアンがいることは知っていたが、魚を一切食べない、魚など食べ物とは思っていない、一生に一度も魚を食べない人がいるというのははじめて知った。

この燻製をパンと一緒に食べるとなかなかおいしい。パンは大きめの黒パンをスライスするか、わずか5ペニヒ（4円）のコッペパン、通称「5ペニヒパン」に挟むかだ。ただしこの5ペニヒパン、日本のコッペパンのような柔らかさはない。買ったばかりでも硬い。最初は顎を鍛える道具かと思ったほどだ。これを食べずに置きっぱなしでいると、さらに硬くなる。3～4日もすると人間に食べられる代物ではなくなる。猛獣の餌にするか、これでキャッチボールでもするかだ。

この国にやって来てからずっとビタミン不足だったが、先日缶のグレープフルーツジュースを見つけた。半信半疑で買ってみたのだが、これがうまい！　缶にはキューバ産と表示されていた。果汁100パーセント！　もっと買おうとスーパーに戻ったときは、もう売り切れていた。その後いつも探しているのだがお目にかかれない。

スーパーのレジはいつも待つ。いかに客が並んでいようと店員は常にマイペース、お構いなしだ。やっと順番が来たと思ったら、レジの店員は「これから休憩だ」などと言ってどこかへ行ってしまうこともある。どっちが客なのかわかりはしない。

寮の入り口で管理人のおじさんに会った。

「やぁ、順調かい？」

いつも笑顔で握手を求めてくる。今日は4歳になるという息子も一緒。そういえば初日に両替してもらった東ドイツマルクはまだまだ残っている。多めにくれたお礼にと日本から持ってきた3色ボールペンをプレゼントすると、何か不思議なものでも見るように目を丸くする。しばらくいじって各色を試すと、

「うぉ〜、さすが日本だ！」

と叫んでまた握手を求めてきた。

この国の通貨、東ドイツマルクにもだいぶ慣れた。同じ「マルク」でも西ドイツマルクとは全く異なる。札はゲームで使うようなおもちゃに近い。コインはすべてアルミで銀や銅ではない。ポケットに入れていても軽くてわからない。財布に入れても同様、重みがないのだ。落としたって日本円のような「チャリンッ」というい音がしない。落としたって気づかない。

寮ではさらに知り合いが増えた。通りがかりに握手したり、軽く言葉を交わすことが多くなった。

9階建てのこの寮に、週の半分は故障するエレベーターが1機。故障中は当然階段を上り下りするしかない。渉には大したことないが、巨漢をゆすりながら息を切らしている人をいつも目にする。

渉の暮らすこの寮には基本的に外国人しかいない。いわゆる留学生。基本的というのは、アサムのように東ドイツ人と同棲している人もいるからだ。

ヨーロッパ人はもちろん、アフリカ系もいればアラブ系もいる。アサムもそうだ。アジア系は、そういえば1人会った。その人とはじめて会ったとき、渉はてっきり日本人かと思い、日本語で話しかけようと思ったほどだ。結局彼はモンゴル人だった。

男女の割合はおそらく半々くらいだろう。

最初は不思議に思ったが、寮には夫婦で、さらに子供も一緒に住んでいる人が何人かいる。アサムのように彼女と一緒に住んでいるのは珍しいことではないのだろう。

レクリエーションルームが8階にあるというので行ってみたが、そのときは誰もいなかった。10畳ほどだろうか。渉の部屋より少しだけ大きく、絨毯が敷かれ2人がけのソファが3つとテレビが1台の誰でも出入りできる広間だった。

困ったことがあった。渉の部屋に訪ねてくる人がいたのだ。しかも何人も。以前会ったのか、知り合いか、この寮に住む学生なのかもわからない。だいたい2~3人でやって来るのだが、それが何組もいる。いずれもあの騒音のようなブザーが鳴り、渉がドアを開けると親しげに握手を求めてくる。そしてかなり強引に渉の部屋に入ろうとする。部屋に入ると世間話をしながら、部屋にあるものをやたらと触りたがる。まるで物色でもするかのように。一度シャープペンがなくなってからは、はっきりと知り合いだとわかる人以外は断るようにしている。

運動もするようになった。毎朝1時間ほど走り、シャワーを浴びて大学へ行く。夜は部屋で腹筋と腕立て伏せ。ボクシングをやっていた頃と比べればお遊びのようなものだが。

理美からは2週間に一度のペースで手紙が届いた。渉ほどではないが、いつも言葉少ない理美は、日本の季節の移り変わりなど月並みなことからはじまり、なぜか旬の日本食のことを書いてくる。枝豆が終わり、栗やサンマ、梨がおいしいとのこと。これはちょっと渉を腹立たせた。こっちはいつも得体の知れない魚の燻製で空腹をしのぎ、硬いパンで顎を鍛えているというのに。

渉も同じくらいのペースで手紙を書いた。大学生活をはじめ日々の暮らしのことを書くのだが、この街の薄暗さ、日本との違いはいくら綴ってもわかってもらえそうにない。こんな世界があるということは想像もできないだろう。

手紙を受け取るたびに不思議に思うことがあった。毎回必ず封筒の隅が切られ、開封されたような跡があるのだ。渉の住む624号室は入り口を開けると3つの部屋があり、シャワールーム、WC、キッチンは共同。3部屋は渉とアサム、もうひとつは空き部屋。この3部屋で共同の郵便受けが1階入り口近くにある。鍵はアサムが管理していて、いつもアサムが郵便物を受け取り、渉宛てのものがあれば部屋の前に置いていってくれる。

あるときアサムに訊いてみた。封筒を見せながら、

「なんでいつも切られているんだ?」

アサムはニヤッと笑って肩をすくめるだけだった。相変わらず彫りの深い濃い顔だ。髭も暑苦しい。顔を向かい合わせて話しているだけで暑苦しくなり、腹立たしくなってきそうだ。夏じゃなくて良かった。

日本に直接電話はできない。そもそもこの国には電話そのものがまだ普及していない。大学の国際課で尋ねると「郵便局でできる」とのことだったが、郵便局員の言うやり方で何度も試したのだが一度もつながらない。郵便局を替えて何度か試したのだが結果はいつも同じ。単語の授業のブルックナー先生は「日本や西ドイツに電話するのは難しいわ。すぐそこの西ベルリンにだってつながらないんだから……」と言う。それからかけていない。

日本がどうなっているのかわからない。唯一の情報源は理美からの手紙だった。もともと逃げるように日本を発った身だ。日本がどうなっててもいい。ただし理美が愛しくなるときがある。甘えたくなるときがある。

テレビ塔

3時限目の授業が終わって大学を出た。エレナと手をつなぎ、アレキサンダー広場へ走っている。4時限目はアンネマリーの会話の授業。一度くらいサボっても大したことはない。アンネマリー先生はよく喋る。こちらが話している途中でも口を挟んでくる。まるで自分のストレス解消のための授業のようだ。今日はそれよりも大切なことがある。

何よりも天気がいい。この日を逃すと、もう晴れる日は永遠に来ないかもしれない。息を切らせ、テレビ塔の入り口にたどり着いた。

しかしなぜ女の人は高いところが好きなのだろう。正直言うと渉はあまり好きではない。高校時代、最初に付き合っていた彼女もそうで、２人で東京タワーに行ったことがあった。目の前にした東京タワーの巨大さには感激したが、いざ上るとこれが高い！　下から見るのと上から見るのとでは感覚がまるで違う。そのときは弱さを見せまいとすることに疲れ、夕食を取ろうと予定していたレストランにも行かず、すぐに家に帰りそのまま寝込んでしまったのをおぼえている。

次に付き合った彼女と行った遊園地は最悪だった。ジェットコースターからはじまり、バイキング、空飛ぶ絨毯ですっかり顔が引きつり無言になった。２人一緒に乗っている箱型の乗り物が突然落下する。「髪が逆立つ」なんてもんじゃない！　身体中の血が逆流して、内臓がすべて口から飛び出そうになったほどだ。それ以来すっかり高所恐怖症になったようだ。

チケットを購入し、エレベーターへ。これがこの国自慢の高速エレベーターらしい。寮のエレベーターのように故障しなければいいが……。

「このテレビ塔は高さ３６８メートル。展望フロアは２０３メートルで、このエレベーターは秒速……」

エレベーターガールが無表情で説明しているのだが、途中であくびをしていた。この人は1日に何度、面白くなさそうにこんなことをやっているのだろう。

無事展望フロアに着き、扉が開くと、エレナが笑顔で子供のように走って窓側へ向かう。渉はできることならあまり近づきたくないのだが。エレナが「早く来て！」とばかりに手招きする。渉がたどり着くと、エレナは場所を変えてまた手招きをする。そしてまた場所を変える。そんなことが4回ほど続いたところでエレナが動かなくなった。窓の外、遠くを見たまま黙り込んでいる。もう笑顔は消えている。何かを探しているようだ。

エレナはきれいだ。顔やスタイル、髪だけではない。何よりもその目が素敵だ。いつもは冷たく、そして鋭く、ときにはいたずら好きの子供のように、ときにはほろ酔い加減で大人っぽい。そして今、何か遠くを見つめている。長い間想い続けながらも、出会うことさえ許されなかった人を遠くから見守るように、とても優しげに。そしてどこか切なそうに。

渉もエレナを手伝うように、しばらく同じ方を見ていた。緑の多い街だ。視界に入るのはほとんどが緑色だ。

「渉、西ベルリンはどこなの？」

エレナが遠くを見たまま口を開いた。すぐ下にマリエン教会、その先に大通りウンター・デン・リンデン、フンボルト大学が見える。そしてさらに先にはブランデンブルク門が。

「ブランデンブルク門がわかるだろ。そのすぐ先に壁がある。その向こうはずっと西ベルリンだよ」

エレナはまた黙って遠くを見つめる。辺りのざわめきが消えていくようだ。

エレナは西へ行くことができない。渉のように西側諸国の者は、ビザさえ取得すれば東に来ることはできる。ただし東側諸国の者は自由の地である西へ行くことはできないのだ。

ベルリンは特殊で、東ドイツ内にありながら西側半分は西ドイツに属する、いわゆる陸の孤島。その西ベルリンへの人口流出を防ぐために東ドイツ政府が壁で西ベルリンを囲った。もちろん壁はベルリンだけでなく、東西ドイツの間にも、ハンガリーとオーストリアのような東西ヨーロッパの間にもある。

東ドイツ人だけじゃない、エレナのように東ヨーロッパの人々は東ヨーロッパ内の移動はまだできるのだが、壁を越えて自由な西ヨーロッパへ行くことはできない。ソ連人、ポーランド人、ルーマニア人、ブルガリア人も。

そうか、クラスのほとんどが……。

渉は何か自分が悪いことでもしているような思いに駆られた。

ただし例外はあった。政府高官のような特権階級の者、国際大会などに出場するスポーツ選手、芸術家、音楽家、学会に出席する医師。そして子も孫もいて、亡命する恐れのない定年後の老人たちも西へ行くことができる。

しかし一般の人々にとって、壁は自由を阻む大きな障害物として心に重くのしかかっていた。

時が止まったかのように動かないエレナに、渉は重い口を開いた。

「行ってみたいかい、エレナ?」

エレナはまだ動かない。冬時間になると昼の時間が極端に短くなる。朝はまだ明るくなる前に授業がはじまり、夕方授業が終わる頃にはもう薄暗くなっている。

いつの間にか暗くなりかけている。

「行けるかな、いつか……」

どれくらい経ったときか、渉の問いなど聞いていなかったと思っていたエレナが口を開いた。

今度は渉が黙り込んだ。ただ何も言えなかっただけだ。


レストランに着くと、エレナはもういつものエレナに戻っていた。どんなエレナもきれいなことに変わりはないが……。

いつか1人で来たテレビ塔のふもとのレストラン。夕食にはまだ早い時間だったので、ずいぶんと空席が目立つ。入り口でウエイターに「2人」だと告げると、

「ご予約は?」

と訊かれた。首を横に振ると、ウエイターは奥へ行き、マネージャーらしき人と話をしている。しばらくしてこちらに戻って来た。

「すみません、今日は予約でいっぱいでして」

「こんなに空いているのに？」

涉は驚きの表情で言った。

「ええ」

ウエイターは再び奥へ行き、もう戻ってこなかった。

「仕方ない、また今度だね」

エレナに言ってレストランを出た。もうすっかり暗くなっている。

広場を歩いているとエレナが言う。

「そういえば渉、あそこのホテルに日本料理レストランがあるのよ」

初耳だった。この国に日本料理レストランがあるなんて。

エレナが指を差したホテルはパラストホテル。この辺りでは場違いなほどひときわ目を引く近代的な建物だ。半信半疑ながらちょっとうれしくなって足早に向かう。温かいご飯と味噌汁が頭の中を駆け巡る。なんせこっちは、いつも硬いパンを食っている身だ。

ホテルに入り2階に上がると、「んっ？」何かが違う。ウエイトレスは日本風の着物のようなものを着ている。しかし入口にはちょうちんがぶら下がっている。「えっ？」不思議がっている渉を見てエレナも不思議がった。この店構えは日本料理レストランではない、明らかに中華だ。

涉は苦笑いする。

「エレナ、これは日本料理じゃない。中華料理だよ」

今度はエレナが驚いた顔をする。日本料理を知らないエレナにはどちらも一緒なのだろう。でも中華でも御の字だ。今夜は5ペニヒパンで顎を鍛えなくて済む。入り口で待っているとウエイトレスがやって来た。

「ホテルのお客様ですか？」

「いいえ」

渉の返事にウエイトレスは怪訝な表情で、

「今夜は予約でいっぱいです」

「えっ！」

いっぱいも何も、広い店内は入り口から見渡すかぎりガラガラだ。2組の客しか見当たらない。立ち尽くす2人をよそにウエイトレスは行ってしまう。団体客でも来るのだろうか？　それならばなぜホテル客かどうかなどと尋ねたのか？　エレナに手を引かれ、外へ出た。

結局はニコライ教会近くの質素なレストランで食べることになった。笑顔のないウエイター、ウエイトレスにはもう慣れた。ついでにこの何とも味気ないビールにも。

「中華はまた今度だね」

エレナは笑顔でうなずく。おそらくベトナム人だろう、アジア系の人はよく見るが、アジア料理のレストランははじめて見た。あそこにあることを知っただけでも良かった。いつか腹いっぱい食べてやる。渉の頭の中にはチャーハンと餃子、ラーメンが駆け巡りはじめた。

「エレナはあそこで中華を食べたの？」

「いいえ、この前インターショップに行ったときに気づいたの」

「それにしてもあんなにガラガラなのになぁ……」

「ここではよくあることよ」

チャーハンを逃した悔しさがまだ渉に残っている。

ポツダム

日本でいえば初冬のような寒さだが、こちらではまだまだ序の口なのだろう。薄着の人を何人も見かける。まぁ、そんな人はたいてい肉厚ではあるが……。

土曜日を利用しての校外学習。強制ではないがほとんどが集まった。パッと見でいないのはモニカ、主婦だから仕方ない。プーミもいない。愛想はいいが付き合いは良くないやつだ。それから韓国4人組の1人チョンもいない。今日は3人組だ。それにしても3人とも体格がいい。骨格がしっかりしていて身長も高い。今日はいないチョンもそうだが180センチはありそうだ。同じアジア人でもこうも違うのかと思うほど。小柄なプーミが何とも愛しく思い出された。

涉はキムに訊いたことがある。

「みんなテコンドーでもやっているのか？」

「この国に来て毎日しっかり食べているからだよ」

予想もしない答えが返ってきたのをおぼえている。

正門前に停まっているオンボロバスに乗り込んだ。ポツダムへと向かう。


ポツダム。渉もその地名は聞いたことがあった。「ポツダム会談」が行われた街。それがこの国の街だとは知らなかったが……。

——もともとはドイツ最後の皇帝ヴィルヘルム2世が皇太子夫妻のために建てた宮殿。そのツェツィーリエンホーフ宮殿で1945年、アメリカ、イギリス、ソ連の3カ国の巨頭により第二次世界大戦の事後処理について協議が行われた（フリードリヒ大王が建てたサンスーシ宮殿とともに後年1990年に世界遺産になっている）。


涉はバスの最後部にエレナと一緒に座る。その他の連中も後ろの方に。前方は韓国3人組と大学側から付き添いとしてやって来た担任のDr.メーベスと助手のコリツキーが座った。

ベルリンを一歩離れると、たちまち何もなくなる。左右どこを見ても自然ばかり。人間が手を加えていない雑然とした自然が続く。やっと点在した民家が見えてきた。ベルリンでは目にしない一軒家。大きな教会が見えてくると、宮殿風の建物が目につくようになった。いったい何に使われているのか、ムダに思えてならない。街並みは灰色。明るい色が一切ないのはベルリンと一緒なのだが、建物の数が少ない分寂しく感じる。

サンスーシ宮殿。戦いに明け暮れたフリードリヒ大王の唯一心休まる場所。フランス語で「憂いなき」という意味のこの宮殿は、パリ・ベルサイユ宮殿を模して1745年に建てられた。宮殿そのものは、ことのほか小さい。城というよりは住まい、生活の場だ。ところが庭がとてつもなく広い。大王は愛犬との散歩を何よりも楽しんだという。

さすがに花はもうない。噴水も止まっている。きっと夏は動いているのだろう、壊れていなければ……。階段を下り、下から城を見上げた風景が圧巻だ。段々になったブドウ畑の先に城が浮かび上がっている。空は相変わらず灰色だが、どしゃ降りの中で1輪だけ輝く花のように城が存在感を表している。

下りたからにはまた上って戻らなければならない。息を切らしているザハールとライサに、「タバコをやめて運動しないと!」と言うと2人同時に中指を立てる。

昼食は各自、といっても食べるところなど限られている。近くにあるのはソーセージスタンドひとつ。焼きソーセージを注文するとパンに挟んでくれる。日本でいうホットドッグのように。これはまぁまぁおいしい。この国でまぁまぁと言える食べ物などほとんどないが、焼きたてのソーセージはまぁまぁで、魚の燻製に飽きたときはこのホットドッグを夕食代わりにしている。さすがに毎日食べようとは思わないが、レストランに入って無愛想なウエイター、ウエイトレスに嫌な思いをする必要もない。パベルはビールを飲んでいる。韓国3人組は2個目のホットドッグ。エレナはチョコレートをかじっている。

サンスーシ宮殿からツェツィーリエンホーフ宮殿まではバスで15分ほど。そろそろ到着という頃にまた宮殿風の建物が見えてきた。市街ではないのに大きな建物が等間隔に並んでいる。どうやら民家のようだ。子供用の自転車やベビーカーなどがあり、明らかに生活のにおいがする。庭付きの高級住宅のようで、色鮮やかではないがこれまでのゴーストハウスのような灰色の建物とは明らかに違う。駐車されている車もいつものクラシックカーよりひと回り大きく頑丈そうだ。みんなも窓の外を見ている。すると警官なのか、制服姿の男たちがところどころに立っているのが見えてきた。続いてベルリンでよく目にする国境警備兵が目立ちはじめた。兵の数がどんどん増えていく。

ツェツィーリエンホーフ宮殿も先ほどのサンスーシ宮殿同様小ぢんまりとしている。宮殿内で写真を撮る人は別料金がかかるとの案内があった。撮影禁止ではなく、別料金というのも聞き慣れないシステムだ。

もともとは皇太子夫妻の住まいだったのだが、各部屋を案内するガイドの説明はほとんどがポツダム会談についてだった。

ふと窓の外を見た渉の目に「壁」が飛び込んできた。

「壁だ、ベルリンの壁がすぐそこにある！」

渉は声にこそ出さなかったが、目は釘づけになった。

ポツダムはベルリンの西側。今日は1時間もかからずに着いた。西ベルリンがすぐそこなのだ。国境警備兵が多いはずだ。渉はひとり窓の外を見ていると、Dr.メーベスが説明を聞くよう注意した。壁について、ガイドは一切触れなかった。

ポツダム会談に使われた部屋は当時のまま残されている。3カ国の国旗があり、トルーマン、チャーチル、スターリンがそれぞれどこに座ったかがわかる。韓国3人組とはときどき目が合う。ただし話しかけることも話しかけられることもない。相変わらず目つきが鋭い。キムは今日は茶色いハンチングをずっとかぶったままだ。

ポツダム会談が行われていたとき、ドイツは降伏後だったが日本はまだ戦争中だった。ポツダム宣言を受け入れなかったために広島と長崎に原爆が投下され降伏することになる。

最後の部屋には原爆に関するパネル写真が展示されている。焼け野原になった広島の市街地、長崎に投下されたファットマン、ミズーリ艦上の無条件降伏文書調印時の写真もあった。

部屋の隅で壁にもたれていたジーナがガイドから注意を受ける。

渉にとっては重い歴史の場だった。日本人がほとんどいないこの国で、みんな日本のことをどれほど知っているのだろうか？

第二次世界大戦は終わったが、それは東西冷戦という新たな戦争のはじまりだった。日本が占領していた朝鮮半島には相反する2つの国ができ、やがて朝鮮戦争が起こった。日本はその戦争で経済を再生させることになる。今でも戦争は終わっておらず、あくまでも休戦中。同じ民族が睨み合ったままだ。

ドイツも同様で、同じ言葉を話す同じ民族が2つの国に分かれている。政治体制が180度異なる2つの国に。家族でさえ引き裂かれ、自由に行き来もできない。

今、渉がいるのは、日本とは違う政治体制の国。不自由な国の方だ。日本や西ドイツより何十年も遅れた国の方だ。

西ベルリンは壁に囲まれている。国民の流出を防ぐため東ドイツが建てた壁に。その壁の中で西ベルリン市民はいたって自由、何ひとつ不自由のない生活をしている。

ベルリンの壁だけでなく、東ドイツは西ドイツとの国境にも壁を建て、すべての国境を厳重に管理し、国民の移動を制限している。

つまり壁に囲まれているのは東ドイツの方だ、冷たい壁に。その壁の中で東ドイツ人は不自由な生活を強いられている。そしてその不満を口にすることさえ許されていない。

ソ連の衛星国と言われる他の東ヨーロッパの国々も同様に。

今は東西冷戦の真っ最中。渉はその真っ只中にいる。

帰りのバスでも渉はエレナと一緒に一番後ろの席。2人とも窓の外を見ている。遠くにテレビ塔が見えてきた。ベルリンが近づいている。こんな灰色の街でもこの国では都会であることがわかる。

はじめてベルリンを離れ、また戻って来たその夜、理美に手紙を書いた。

日本から遠く離れたこの国、日本とは全く違うこの国のことを記して、理美はどれくらい理解できるのだろうか。

不意に不安になる。とても会いたくなる。

渉は理美に抱かれているときを想像するようになっていた。

ブルックナー先生との個人レッスンは楽しい。きれいなお姉さまとのひととき、しかも無料レッスン。もちろんエレナと一緒のときも楽しいが。

今日は大通りウンター・デン・リンデンのカフェにいる。

「日本ではやはり空手や柔道が盛んなの?」

スポーツの話題になり、渉は思わず噴き出した。

「やはり相撲なのかしら」

ブルックナーは日本にずいぶんと興味があるようで、ちょっとしたことを知っているのだが、いつも何かおかしい。

「先生、確かに相撲は日本の国技だけど、若者に人気があるわけじゃないですよ」

不思議そうに首を傾げたブルックナーに渉は続けた。

「空手や柔道も人気があるとは言えないなぁ」

ブルックナーは意外だったようで渉を見つめる。背筋を伸ばしてのぞきたくなる胸元がどうも気になる。

確かにこちらに来てから「空手できるか？」と訊かれたことが何度かある。もちろん日本人に見られたときだけだが。

「日本では野球が一番人気のあるスポーツです」

ブルックナーは驚いて、

「えっ、そうなの？　キューバでも野球は大人気なのよ！」

もちろんキューバは世界一の野球国で、アメリカよりも強いということは知っている。

「先生、キューバに行ったことあるんですか？」

笑顔でうなずくブルックナーに今度は渉が驚いた。小さな顔がナイスバディを引き立たせている。渉はもちろん行ったことのない青い空と海が広がるカリブ海の国に、東ドイツ人が行くというのが想像できなかった。

「温暖で海がきれいだけど、街はきれいじゃないの。でも果物がおいしかったわ。毎日バナナを食べたのよ」

あれから再び延々と続くビタミン不足の毎日。あのグレープフルーツジュースは遠い昔の話。そういえばあのジュース、確かキューバ産だった。

「渉は何かスポーツやるの?」

こんなときにボクシングなどと言うとややこしくなる。

何を言おうか、渉は戸惑った。いい考えが思い浮かばない。

渉は腕をかまえた。

「アチョ〜〜!」

ブルックナーは大笑いした。


「週末にみんなでポツダムに行ったんです」

渉は先週のことを話しだす。

「どうだったの?」

「はい、歴史の現場を見ることができたのは良かったけど、日本人の僕にとってはちょっと重いですね」

ブルックナーはうなずいてコーヒーをひと口飲む。

「広島や長崎のことは、こちらでもみんな知っているわ」

渉もお茶をひと口飲む。「グリーンティー」とメニューにあったので喜んで注文したのだが、日本の緑茶とはだいぶ違う。

「先生、あの宮殿から壁がすぐそこに見えました」

ブルックナーが周りを気にするしぐさを見せながら、またコーヒーをひと口飲む。

渉があのとき気になったことを言ってみた。

「宮殿に着く前に、この国に来てから見たこともない一戸建ての高級住宅がいくつもあったんですよ。」

ブルックナーはさらに気遣うように小声で、

「あれはＫＧＢ（ソ連の国家保安委員会）の住宅よ」

インターショップ

オアテル先生の文法の授業が終わり、学食に向かう前にプーミに訊いてみた。

「いつも食事はどうしている？」

正直なところ渉も学食にはうんざりしていた。そもそも学食に多くを期待してはいけないが、いつも肉とイモなのだ。そう、いつもいつも肉とイモ。肉は圧倒的に豚が多い。牛や鶏もまれにあるが、豚の煮込みのようなものが続く。イモはジャガイモ。ボイルドポテト、マッシュドポテト、フライドポテトなどがあるが、姿、形は変われど肉とイモは変わらない。今日が「肉とイモ」なら明日も「肉とイモ」。あさっても「肉とイモ」で、しあさっても「肉とイモ」。

あまりにも同じものが続くので文句を言ったら、「来週はイモと肉にするよ！」と言われた。まぁ2マルク（160円）定食に文句を言う方も言う方だが……。

ところが学食でプーミを見たことはない。プーミが言う。

「昼は食べない。その代わり夜はしっかり食べるよ」

「この国で何を？」

「米は毎日食べる。あとは肉を炒めたり、魚を焼いたりかな……」

渉は米を買ったままだったのを思い出した。さすがに木づちで惨殺されたあの魚を調理しようとは思わないが、ご飯と何か一品でもあれば十分食欲も出てくる。5ペニヒパンよりは、マシだ。

その日スーパーで牛肉とサラダオイルを買い、さっそく寮で調理した。肉を炒めるのは簡単なことだが問題は米。日本では研いでから目盛りに水の量を合わせスイッチを押すだけだが、鍋で炊くなんてはじめてのことだ。とりあえずプーミに教わった通りやってみる。

鍋に適量入れたこの米、日本米とはかなり違う。丸みがなく長っ細い。そして何よりもにおいが違う。はじめは腐っているのかと思った。はて、米ってこんなににおいがしたか？　仕方ない、1キロ1マルク（80円）の米だ。まずよく研ぐ、というよりにおいを取るように洗う。手のひらが埋もれるくらいに水を張る。最初は強火で、煮立って泡が噴き出したら弱火でしばらく。渉も必死だ、何といっても「脱5ペニヒパン」がかかっている。

15分後、ジャーン！　はじめてにしては見栄えは悪くない。肉は塩とコショウ、それにこれも先日買ったままだった魚臭い醤油で味付け。「東ドイツ風肉炒め定食」の完成！　名付けて5ペニヒパンならぬ「1マルク米定食」！　野菜がない。味噌汁と漬物もないが、そんな贅沢はこの国では罰当たり。

久しぶりの和食もどきにちょっとした満足感をおぼえながら、食後に8階のレクリエーションルームに行ってみた。前回行ったときには誰もいなかった広間で、6人の男女がソファーに座りながらテレビを見ている。

「ニーハオ！」

男の1人が渉を見て言った。よく言われることだ。やはり日本人などめったに来ることがないこの国では、日本人だと思われることがほとんどない。先日は街中で細身のアジア人の男から仲間だと思われたのか、その男の母国語と思われる言葉で話しかけられた。渉はそのときと同じことを言う。

「違う、違う。日本人だよ！」

すると他の5人もいっせいに渉を見た。男が2人、女が4人。ニーハオと言った男が、立ち上がって握手を求めてきた。

「ヤニス」だと名乗った。キリッと彫りの深い彫刻のような顔をしている。アラブ人の彫りの深さとは明らかに違う。「どこから来た？」と訊くと「ギリシャ」と答えた。ヤニスが「同じギリシャから来た友達のプラクシーだ」と言ってもう1人の男を紹介した。握手したプラクシーはヤニスより少し小柄で、こちらも彫刻風の顔だ。

ギリシャ？　渉は考えを巡らす。オリンピック発祥の国。エーゲ海の国。昔、真っ白な家々が立ち並ぶ島が舞台となった、ちょっと大人の映画の宣伝を興奮しながら見たおぼえがある。ギリシャは東ではない。西ヨーロッパの国だ。ここに来て西ヨーロッパの人に会うのははじめてだ。

「西の国の人が、なぜこの国の大学に通っているんだ？」

渉は自分が今までに何度も訊かれた質問をしてみた。

「どこで勉強するのもやることは一緒だよ」

「ここは学費も安いしね」

「それに楽しいし」

専攻はヤニスが建築学、プラクシーが医学。ガールフレンドだと言ってそれぞれが横にいる女の人を1人ずつ紹介した。2人とも東ドイツ人、フンボルト大学の学生だという。再びテレビに見入っているあとの2人は偶然この場に居合わせたらしい。

「ビールを取ってくる」と言って出て行ったプラクシーが、カラフルなビニール袋に瓶ビールをいっぱいにして戻って来た。こちらに来てから何度か見かけた袋だ。日本と違って店ではレジ袋をくれないこの国では、買い物にはみなマイバッグを持参する。しかし網製の手提げ袋や籐で編まれたような買い物籠など、市販のものはどうもさえない。そんな中でそのカラフルなビニール袋は異色だった。

プラクシーはテレビを見ている2人にもビールを渡した。しかしこのテレビ、カラーテレビとはいえ、かなり旧式だ。渉が幼い頃、家にあったのと同じで妙に大きい。

渉はテレビを見ると何か違和感をおぼえた。なぜか番組が華やかなのだ。司会者が早口でまくし立てる、おそらくクイズ番組だと思われるその番組は明るくテンポがいい。

カラーフィルムで撮ってもモノクロにしか映らないような、色彩のないこの国にもすっかり慣れてしまっていた。特に冬時間になってからは灰色の空とよどんだ空気はいっそう磨きがかかっているようだ。

「これ西の番組？」

怪訝な顔で問う渉に「当然！」とばかりにみんながうなずく。

ここでは西の番組が入るんだ。そういえば渉が部屋のラジカセで聴いているラジオも西の番組、西ベルリンからの放送だ。最新のニュース、音楽が流れ、テンポのいいＤＪの語りを渉は毎日当然のように聴いている。ただしカラーテレビで見ると全く臨場感が違う。

ここ東ドイツでも西ドイツの番組を見ることができる。西の本当のニュースをリアルタイムで見ることができる！　あまりにも不自由に慣れてしまったのか、当然のことが渉にとってはうれしかった。

「誰も東の番組なんて見ないよ」

ヤニスは簡単に言った。

しばらくこの西のテレビ番組に夢中になっていた。

ということは……。テレビを持つ人は知っているはずだ。行くことのできない西の世界を。壁の向こうの生活ぶりを。

西ではどのようなファッションが流行っているのか。

西の人たちはどのような食べ物を食べているのか。

西ではどのような車が人気なのか。

西の番組はいかに面白いのか。

西にはいかに自由があるのか。

いずれも西の番組を見れば、すべてわかることだ。

東で不自由を強いられている自分たちのことも。

「ビールだって、こんなのより西のビールの方がうまいよ」

飲んでいるビール瓶を目線まで持ち上げながらプラクシーは言うと、ガールフレンドに笑いかける。

「またインターショップで本物のビールを買ってきてね」

インターショップ？　ガールフレンドが言ったその言葉、そういえばいつかエレナも言っていた。あの中華料理を食べ損ねたときだ。

「インターショップって？」

「西の物を売っている外貨ショップよ」

2人のガールフレンドが教えてくれる。インターショップは東ベルリン市内に数カ所あり、食べ物、飲み物、衣類から家電まで様々な西側の物を扱う店。東ドイツ人も買い物することはできるが、支払いは外貨のみで東ドイツマルクは一切使えない。西へ行くことのできない東の人にとっては、近代的な西側製品を買うことができる唯一のチャンスなのだが、やはり外貨がなければ何もできない。結局は近くても遠い存在だ。


ヴァルザー先生の発音の授業もまずは教科書に沿ってはじまる。決まって脱線はするのだが……。

文法は複雑極まりないドイツ語も、発音はそれほど難しくはない。

はじめは戸惑った「m」と「n」の違いも意識せずできるようになった。

英語にはないウムラウトというのがある。ローマ字の上に小さい点が2つ「¨」付く。ウムラウトが付くのは3文字、「a」「o」「u」だけ。「ä」の場合は「エ」の発音になる、これは簡単。ただし「ö」は「oオ」を発音するように口を開いたまま「uウ」と発音する。逆に「ü」は

「uウ」と発音する口で「oオ」と言う。これがどうもややこしい。

ほぼローマ字読みが多いドイツ語の中で例外が「eu」「äu」。いずれも「オイ」と発音する。「r」は日本人には苦手な発音。喉の奥を震わせるか、それができない人は巻き舌にする。ドイツ人は自然と喉の奥が震えるのだが、これは日本語にはない発音。

さすが発音の先生、ヴァルザーはちょっとしたミスも見逃さない。討論では話し続ける韓国4人組も、この授業では間違いを指摘される。もちろん渉とプーミはタジタジで撃沈寸前なのだが。

この4時限目が終わったところでパベルたちから飲みに行こうと誘われたが「また今度!」と断った。自己主張の国では都合が悪ければはっきりと断る。日本人はなかなかできないことだが、断ったことを変に気にする必要もないし無理強いする者もいない。エレナはちょっと残念そうな顔をしたが「明日一緒に飲もう!」と言うと笑顔で頬にキスしてくれた。

ギリシャ人の2人に出会い、西の人が寮にいることがわかり、ちょっと心強くなった。こちらに来てから常にアウェーのような気がしていた。もちろんそうなのだが、同じアウェーの者がいることを知って楽になった。まぁヤニスとプラクシーはアウェーを楽しんでいるか、そもそもアウェーとは思っていないかもしれない。

パラストホテルへと急ぐ。ここにインターショップがあることはエレナから聞いたことで、本当は一緒に来ても良かったのだが、まずは1人で下見をしたかった。

この国には場違いな近代的なこのホテルが、西側諸国からやって来る客専用のホテルであることもヤニスが教えてくれた。西からこの国にやって来るにはビザが要る。留学生は大学に授業料を払えば学生ビザを取得できるが、観光客やビジネスマンは、このような東ドイツ政府指定の高級ホテルを予約してからでなければビザを得られない。つまり東ドイツを訪れるにはかなりの費用がかかる。果たして大金を払ってまで訪れる価値があるかどうか？　大金を払ってまで貧しく不自由な国に来る必要があるのか？

結局はお隣の西ドイツ人でさえ関心が薄く、一度も東ドイツに足を踏み入れない人が多いのが現実だ。

「インターショップ」の表示に沿って歩き、入店すると、そこはまさしく別世界だった。色があるのだ！　忘れていた色彩感覚が突然蘇ったようだ。あのレクリエーションルームで見たカラーテレビの世界が、ここ東ドイツにも存在する。商品がやけにまぶしい。食べ物はチョコレートやグミ、ビスケットから調味料まで。酒、タバコは種類が豊富。シャンプー、石鹸、香水も。セーター、ジャンパー、ズボン、靴、帽子、サングラス。ステレオなどの電気製品もある。渉はしばらく目を見開いて、この東の中の別世界を歩き回っていた。

でも誰が買うのだろう？　やはり西からやって来たホテル客か？　それとも……。

やっと落ち着いてきた渉は、辺りを見回す。客はそれほど多くはない。明らかに西の人だとわかる人もいる。服装が違う。どう見ても東の人にしか見えない人もいる。値段表示は「ＤＭ（西ドイツマルク）」。さてここいる地元東ドイツの人たちは西ドイツマルクを持っているのか？　まぁ、単に目の保養ということもあるのだろう。きっとエレナもそうだったはずだ。

肩を叩かれ振り返ると、中年の男が話しかけてくる。その服装から間違いなくこの国の人だとわかる。

「チェンジマネー?」

意味がわからなかった。無視して歩きだすと、また別の男が近づいてくる。

「チェンジマネー?」

渉はわずか10分もしない間に6人から同じことを言われた。やはり西ドイツマルクを持っていないから、東ドイツマルクと換えてくれという意味なのか?

西の品物を扱っているが、店員はもちろん東ドイツ人。笑顔がない、ついでにやる気も。あこがれの品が目の前にこれほどあるのに、手が届かないのだからもちろん面白くない。華やかではあるが酷な仕事場だ。

渉は、ひょっとしたらみんなで飲むかもしれないスコッチウイスキーとエレナへのチョコレート、そして自分用のシャンプーを買った。

これでちょっと生活が豊かになるかな、渉は満足げに寮へ向かった。

エレナは目を丸くしてチョコレートを喜んだ。東のものとは包みのデザインが明らかに違う、きっと味も。

大学の後、今日はエレナの寮の近く、東駅のバーで飲んでいる。渉は昨日のインターショップのことを話してみた。

「驚いたよ、あんな店がこの国にあるなんて」

エレナはチョコレートを渡したときから笑顔のままだ。ベルリナーヴァイセの赤を飲んでいる。このベルリナーヴァイセだけは見ているだけで抵抗がある。ビールにシロップを入れて色と味を付けたもので、今飲んでいる赤はフルーティー。もうひとつ緑があって、こちらはミントらしいのだが、幼い頃飲んで親に叱られた駄菓子屋の粉末ジュースのようで、どうも身体に悪そうに思えてならない。まぁ、エレナは何を飲んでも絵になるのだが、これを太ったドイツ人が飲んでいたら「早ぅ死んでしまえ！」と思うときがある。

「エレナはよくインターショップに行くの？」

「ううん、よくではないけど何回か行ったわ」

「でも……」と言いかけて訊くのをやめた。あのテレビ塔での黙り込むエレナの表情を思い出したのだ。

するとそれを見越したようにエレナが言う。

「誰でも少しくらい持っているのよ」

「西ドイツマルクを？」

うなずくエレナは、いつもと何ひとつ変わらない。

渉は自分が過剰に意識しているのかもしれないと思った。西には行くことのできない、外貨もなくインターショップで買い物もできないエレナやクラスのみんなに気を使ったところで、この現実は変わらない。変に意識しての言動が、逆に相手に不快感を与えてしまうのかもしれない。

このような東西冷戦状況下になったのは第二次世界大戦後。もう40年以上経つ。しかし長い歴史からすれば、ほんのひとときだろう。西側の一国である日本で生まれ育ち、今は東側の一国であるこの国にいる渉には両方の状況がわかる。きっとこんなことはいつまでも続くはずはない。時代は動いている。東側の人々が自由を手にする日はきっとくる。ただし、それがいつかは誰にもわからない。目の前のエレナがその自由を手にできるかどうかもわからない。我々の人生も長い歴史からすればほんの、ほんのひとときだから。

「いいわね、鳥は……」

エレナが窓の外を見ながらつぶやいた。いつかと同じようなまなざしで。

渉はビールを飲み終えると今度はワインブラントを注文した。これもこちらに来てはじめて知った酒。ドイツ産のブランデーとのことで、ちょっと甘みがあって飲みやすい、少なくともシュナップスよりは。

「私の国はビールがおいしいのよ」

チェコスロバキアのビールが有名なのは渉も聞いたことがある。

「私はチェコ人なの」

渉がまばたきを繰り返す。はじめての海外で無知のかたまりだった渉も、最近やっとヨーロッパ地図が頭の中に描けるようになった。どの国がどこにあるのかがわかりかけてきたのだ。

「チェコとスロバキアはもともと別々の国だったのよ」

黙って耳を傾ける渉にエレナは続ける。

ハンガリー支配下を抜け出し、第一次世界大戦後にスロバキアとともにチェコスロバキアとして独立。第二次世界大戦ではドイツに支配された後、現在に至っている。ドイツは完全に分かれてしまったが、チェコスロバキアは、またちょっと違う歴史をたどっている。ただし独立とは名ばかりで、他の東ヨーロッパの国々同様、ソ連の支配下にある。

「だから本当はソ連もロシア語も好きではないわ」

そう言った後、エレナはやっと笑顔になった。

「私の住むプルゼニュという街は特にビールがおいしいの。この国のビールなんて問題じゃないわ」

「だからといってベルリナーヴァイセを飲まなくても……」と渉は言いたい。

「ねえ、今度ペルガモン博物館に行ってみましょう！」

この前の授業でマウアーが自慢げに言っていた博物館。何かとこの国の素晴しさを強調するマウアーのことだから、まぁどんなものかと思うが、どうせ週末は忙しいわけもない。エレナと一緒なら願ったりかなったりだ。エレナもワインブラントを注文した。やっとベルリナーヴァイセのグラスがさげられ、渉はホッとする。

ペルガモン博物館

ペルガモン博物館は大学のすぐ裏側。枝分かれするシュプレー川に挟まれた小さな島が博物館島といわれ、世界に誇る五つもの国立博物館がある（後年1999年に世界遺産にもなっている）。その中でも一番の人気がペルガモン博物館なのでぜひ行くべきだと討論の先生、マウアーが興奮状態で言っていた。

大学の表側、東ベルリンの目抜き通りウンター・デン・リンデンはまだ一様に整っている。きらびやかさなど、この国にあるわけもないが、ポンコツカーと人の往来は絶えることなくにぎやかだ。ところが裏通りは一変する。表側の建物も灰色なのだが、裏通りはそれどころではない。ここ数十年放置されたように黒みがかっている。事実、戦後からそのままの崩れかかった建物や、銃弾の跡が残っているものもある。やはり手が回るのは表だけなのか。人もまばらで博物館に到着するまでにすれ違った人はほんの数人だった。

大学のない土曜と日曜のうち1日はエレナと過ごしている。もう1日は復習と予習に追われている。

渉はもともと歴史や遺跡にはあまり興味がない。このペルガモン博物館にも興味を持たなかったのはもうひとつ、マウアーがあまりにも自慢げに勧めるからかもしれなかった。でもまぁ一度くらいならと、大学前で待ち合わせたエレナと黒ずんだ大きな建物に入っていった。

中はけっこう混んでいる。入ってまず驚いたのは巨大な祭壇がそびえていることだった。紀元前2世紀に建てられた古代ギリシャ風の祭壇が、そのまま見事な様相で目の前にある。内部にこのようなものがあるとは外側からは想像できない。その他にも古代ローマ、西アジアの遺跡がところ狭しと続いている。すべて紀元前のものだ。渉もさすがに目を見張った。エレナも興味深そうに黙々と眺めている。


はじめは30分くらいで出ようと思っていたのだが、端から端まで2時間以上かけて歩いているのにまだ飽きない。

渉にはもうひとつ気になることがあった。周りの客のことだ。明らかに東の人とは思えない人が何人もいるのだ。それは服装でわかる。持っているカメラでもわかる。具体的にどこがと言われても困ってしまうが、どことなくしぐさも違う。そして表情が明るい。

渉は思い切って通りがかった大きな男の人に訊いてみた。

「どちらから来ましたか？」

その人はドイツ語がわからなかった。渉は慌てて片言の英語で訊き直した。高校まで英語の授業はサボり続けたのだが、それくらいはできる。

「アメリカからだよ。君は？」

「ジャパン」

と答えると握手を求めてきた。

今度はいかにもドイツ人風の神経質そうな顔をしている男の人に訊いた。

「ミュンヘンからです」

「あなたは？」

西ドイツ人のこの人は、渉がドイツ語で話しかけたことが意外だったようだ。

「日本です。今はここの大学に通っています」

と言うとさらに不思議そうな顔をした。

「へぇ、東ドイツで勉強しているの」

「今回はわざわざビザを取得してこちらに来たのですか？」

「うん、『1日ビザ』を取ってね。有名な博物館だから前から来たかったんだ。たまたま西ベルリンで仕事があってね。ここを観たらゆっくりと戻るよ」

そう言って微笑みながら、渉のドイツ語を褒めてくれた。渉はそのことよりも西の人に会えたことがうれしかった。

もう1人、どう見ても日本人という若い女の人がいた。

「すみません！」

涉が日本語で言うとやはり振り向いた。手にはガイドブック『地球の歩き方』を持っている。軽く挨拶をすると彼女も「1日ビザ」で西ベルリンから来たと言う。

「入国時、国境で取れるのよ。両替はしなくちゃいけないけれどね」

休暇を取って1週間で西ドイツのいくつかの街を訪ねる予定だという彼女は、迷ったが足を延ばしてここへやって来たとのこと。

「こんな国があるのねぇ……」

最後にそうしみじみと言った。


「『1日ビザ』か……」

ペルガモン博物館を出るとき、涉は改めてそう思った。

博物館は意外にも良かったが、この裏通りはどうにかならないのか？　黒ずんだゴーストハウスが続き、相変わらず人もまばらだ。

「1日ビザ」といっても、エレナには何のことかわからないだろう。もちろん1日だけ有効な東ドイツのビザなのだが、エレナは1日はおろか、ほんの一瞬でさえ西に行くことはできない。

この日はアレキサンダー広場の高層ホテル「ベルリン」のカフェで食事をすることにした。どうせパラストホテルの中華料理レストランは今日も「予約でいっぱい」だろう。あれから二度ほど予約をしようと行ったのだが、いずれも「予約でいっぱい」と断られた。ならばいつなら空きがあるのかと訊くと、ウエイターは奥へと消えてしまう。だからといってあきらめたわけではない。チャーハン、餃子、ラーメンのためなら何でもするつもりだ。

とりあえず今日はここのカフェで。12階のカフェに行こうとエレベーターに乗ると、さすがホテルのエレベーター、寮とは違う！　扉は自動、手で開ける必要などない。おまけに「閉まる」のボタンがある！　喜び勇んで押すが閉まらない。再び押す、まだ閉まらない。またまた押す、閉まる気配なし。何度も何度も連続で押す、変わらない。気づいたら周りから失笑を浴びている。

「それは飾りよ、いつか閉まるわ」

エレナが言ったとたんにドアが閉まった。

白ワインを飲みながら、渉はオニオンスープとサラダという軽めの食事。サラダといっても酸っぱい！　かなり酢が効いている。西で余った野菜を保存食として酢漬けにしているかのようだ。エレナはLeberkäse《レバーケーゼ》という、ミートローフのようなものを注文した。

きっといつか豪勢に食べる中華料理がメインならば、今日は前菜のようなもの。

「中華よ、待っていろ！」

寮のレクリエーションルームには、またギリシャ人のヤニスとプラクシーがいた。今日も女連れ。よく見ると2人ともこの前のガールフレンドとは違う。「おいっ！」と思いながらも言葉には出さなかった。やはりこの国の人でフンボルト大学の学生だという。先日インターショップで買ったスコッチウイスキーを持ってきた。氷はないが、ストレートでいいだろう。ガールフレンド2人が特に喜んで飲もうとする。

「私、本物のスコッチはじめてなの！」

西の物はやはりあこがれなのだろう。ここぞとばかり飲もうとする。

「ギリシャにはどんな酒があるんだ？」

「ウゾという蒸留酒があるよ。今度飲んでみるか？」

「水を入れると白く濁るのよね」

プラクシーに続いてガールフレンドが言う。どっちがどっちのガールフレンドかわからない。でもそんなの、どうでもいい。

「やっぱりビールとワインが人気かな」

ヤニスが言った。

渉にとっては未知の国ギリシャ。やはり青い空と海、温暖な気候を連想する。ついでにスタイルのいいビキニ姿の美女たちも。この国とは何もかもが正反対だ。

「この街でいいレストラン、どこか知らないか？」

渉より在住歴の長い2人と現地の2人に訊いてみた。

「ここでか？　うーん、さあなぁ。少なくともこの寮の近くにはないな」

ヤニスは首をひねる。渉は先日のことを言ってみた。

「この前、パラストホテルで中華料理レストランを見つけたんだ」

「あぁ、あれか」

「でも……」

「でもどうした？」

「入ろうとしたら予約でいっぱいだと言われ、断られた」

待ってましたと言わんばかりに4人がいっせいに笑いだした。

「渉、ここは日本じゃない。ギリシャとも西ドイツとも違う、東だ」

2人のガールフレンドもうなずく。

ヤニスが諭すように説明を続ける。

この国では国民全員が国家公務員。働いても働かなくても給料は同じ。ならば働かない方が楽。西側の資本主義国だったら、そんなレストランは潰れてしまう。でもこの国では潰れない、すべて国営だから。労働意欲などないに等しい。

「働かないんだよ。もっと働いてりゃ、この国だってこんなに停滞はしていない。西との差はこれほどにはならないよ」

渉は黙って聞き入った。

「自分の持ち物なら大切にする。清潔にする。自分の物じゃなくても生活する場なら少しは整えるかもしれないがな」

「住まいだって国の物、借家だ。すべて国から借りている。個人財産なんてない。個人の物なんてごくわずかな身近な物だけだ」

「見ろよ、この街並みを。明らかにすさんでいるだろ。西に比べりゃ荒廃したゴーストタウンのようだ。きちんと整えりゃいいのに、ここじゃそんな考えはそもそも存在しない。すべては国の物。そして進んで働いたりはしない。それがこの国のシステムだ。東ドイツ人が劣っているわけじゃない、このシステムが悪いんだよ」

ヤニスとプラクシーの言葉に渉は納得せざるを得なかった。

「こいつら西に行ったら失神するぜ。50年以上も差があるからな」

2人の東ドイツ人の前で堂々と言う。

「壁は今となっては失神防止のためなのかもな」

国民流出防止のために建てた壁が、その後広がり続ける経済格差を目の当たりにしないよう役立っている……。

「渉。中華料理食べたいのなら、今度はちょっとチップ握らせなよ。できれば西ドイツマルクでな」

ヤニスに続いてプラクシーが笑いながら言う。

「東ドイツ人だって人間だ。こいつらみたいにかわいい姉ちゃんが抱きついてキスしてオッパイ触らせてやったら、本当に予約がいっぱいでも入れてくれるよ」

結局ウイスキーは空になった。

クリスマス

街がにぎやかになってきた。クリスマスが近づいている。中心地にはところどころに屋台が立ち並ぶクリスマス市ができる。屋台はソーセージやポークステーキ、ハンバーグなどの肉類。チョコレート、ナッツを砂糖で固めたお菓子などの屋台もある。食べ物以外ではおもちゃやクリスマスツリーの飾り物、壁掛け、帽子なども売っている。メリーゴーラウンドなどの簡単な移動遊園地もある。

多くの人が飲んでいるのがグリューワイン。温めた赤ワインに砂糖や蜂蜜を入れて甘くしてシナモンなどの香辛料を入れたもので、子供用にはノンアルコールもある。リキュール類を加え、アルコール濃度を高め、身体を温める人もいる。

いつもは日が暮れると真っ暗になるこの国も、この時期だけは少しだけきらびやかになる。

何といっても夜は灰色の街並みが闇に隠れるのがいい。冬になっていっそう濁ってきた空気も気にならない。

涉は大学が終わると、たびたびエレナと中心地アレキサンダー広場のクリスマス市を訪れた。でも涉は今ひとつ楽しむことができない。肉類はたまにならいいのだが、毎日食べていると胃が重くなる。甘いものもあまり得意ではない。一生食べなくてもいいくらいだ。お菓子の屋台が放つあの甘ったるいにおいにいつも顔をしかめている。勧められて一度だけ飲んだグリューワインも好んで飲もうとは思わない。温かいのはいいが甘い酒というのは……。熱燗か焼酎のお湯割りの方がいい。

ところがエレナは目を輝かせている。今日もグリューワインを片手に甘いナッツをほおばっている。

「エレナ、いつも食べて飽きないの？」

「全然」というように首を横に振る。

涉は屋台の肉料理より最近は自炊を好むようになった。1マルク米定食を。米の炊き方もずいぶんとうまくなった。おかずは魚の燻製を温めてご飯の上にのせる。これがまあおいしい。そのたびに魚嫌いのシリア人アサムはこの世のものとは思えない、といった目で凝視するのだが……。

こちらに来てからすっかり料理がうまくなった。といっても大したものは作っていない。いつも1マルク米定食だ。

「涉、クリスマスはどうするの？」

何も考えていなかった。まさか日本に一時帰国するつもりなどサラサラない。

「適当に過ごすよ。大学もすぐはじまるから、準備でもしておくよ」

「私はチェコに帰ろうと思うの」

驚くことではない。エレナの国は列車で帰れる距離だ。ただし丸1日かかるという。

「みんなはどうするのかなぁ？」

「帰れる人は帰るでしょ」

寮はがらんとしてしまうかもしれないが、別に寂しいわけではない。住み家があればどうにでもなる。

おせちと熱燗が頭をよぎる。やばい、やっぱり寂しい。


オアテル先生の文法の授業は難解難問だ。ただでさえ複雑極まりないドイツ語の文法をドイツ語で説明されるのだから。

クラス一のバカを、というより大学一のバカを渉と争うプーミも頭を抱えていることだろう。

動詞が文の2番目になるドイツ語だが、その動詞以外は位置を入れ替えても文そのものの意味は変わらない。ただし動詞は主語により様々に変化する。冠詞や形容詞の変化も半端ではない。それぞれがひとつの文の中で身勝手に変化したらどうなるか？　いったい何通りの文があるのか？　ある程度はやりこなせるようになったのだが、今日はまた新たな問題が出てきた。日本の語学学校でやった「接続法」というものだ。その用法そのものもだが、ここでまた動詞の新たな変化が出てくる。

会話は何の問題もなくこなす他のみんなも、文法のペーパーテストになると苦戦を強いられる。点数では渉の方が上回ることも少なくない。

ところがあの韓国４人組は別だ。会話はもちろんのこと、文法まですべてマスターしている。この語学コースなどパスして、直接希望学部に行けばいいと思うのだが。

授業が終わって疲労感に満ちていたとき、いつものようにすぐに帰ろうとするプーミに声をかけてみた。

「プーミ、クリスマスは国に帰るのか？」

「バカだなぁ、渉。クリスマスなんて俺には関係ないよ」

バカに「バカ」と言われるのも腹が立つ。でもまぁ今回だけはその人懐っこい笑顔に免じて許してやろう。

きっと韓国４人組も残るのだろう。アジア人はこの街でクリスマスを過ごすことになる。

今年はこれが最後になるかもしれない。いつものハッケッシャーマルクトの小汚いレストラン。

「文法の授業の後の疲れを癒やすのはこれだ！」

とみんなはいきなりショットグラスでシュナップスを飲んでいる。渉はビール、エレナはラドラーという、ビールをサイダーで割ったものを注文した。話はクリスマスのことになる。

「渉、日本でもクリスマスを祝うの？」

「うん、でも正月の方がより盛大に祝うよ」

「サムライの国でもクリスマスを祝うのか」

いつもながらタバコの煙が充満している。

「みんなは帰るの？」

「帰るのはいいが、モスクワは遠いんだよなぁ」

ザハールは困ったような、でもうれしそうな顔をする。

「列車では1日じゃ着かないのよ」

それでもライサも帰るらしい。

「渉、ベルリンから東京まで何時間かかる？」

「乗り継ぎ時間を含めて20時間以上かかるよ」

ソ連の上を通ることができればもっともっと早いはずだが、地球を裏から回るしかない。それでも南回りよりは、アラスカ経由が早い。

「でも飛行機でしょ」

「俺たちは列車だからなぁ」

エレナも列車で帰るという。やはり費用の問題なのか。

「車という手もあるけどね」

「無理よ、トラバントじゃ。ポーランドまでもたないわ」

「じゃあ、ラーダかヴォルガにするか？」

パベルが言うとみんなが笑う。

「エレナはシュコダで帰るの？」

みんながまた笑う。

パベルが言ったラーダ、ヴォルガはソ連の車。シュコダはエレナの国、チェコスロバキアの車なのだろう。

「渉、俺はベンツやBMWとは言わないが、せめてマツダが欲しいよ」

この国では旧式のマツダ・ファミリアが自慢げに走っている。はじめは違和感があったのだが、慣れというのは怖い。他の車がすべて引き立て役になっているようで、マツダ・ファミリアが高級車であることに疑問を持たなくなってしまった。

酒好きのみんなはひたすら酒だけを飲む。日本であれば軽くつまみを食べながらになると思うが、あの濃いシュナップスを飲み続ける。当然のようにストレートで。

「渉も欲しいか？　あのホーネッカー・ベンツを！」

ザハールの言葉にみんながまた笑う。今度は爆笑に近い。

ほろ酔い気分で渉とエレナはアレキサンダー広場を歩いている。今日のクリスマス市はもう終わりのようで、閉店の用意をしている。

シュナップスを3杯付き合わされた。どうもエチルアルコールでも飲んでいるようだ。味はない、ただ酔うだけのものだ。はっきりと断らなかった渉も悪いのだが……。

「エレナ、なんでみんな、あんなに笑っていたの?」

これも渉の悪い癖。その場で問いただせば良かったのだが、どうもまだ日本人の遠慮が抜けきれていない。

「ああ、車の話ね」

エレナはまたクスクスと笑うが答えてはくれない。

エレナが一時帰国するまでまだ少しある。

「エレナ、近いうちに中華料理食べに行こう」

エレナの笑顔はうれしいが、これは自分のため。渉の頭の中からチャーハンと餃子、ラーメンが消えたことはない。

外から聞こえる笑い声で目が覚めた。こんなことは今までなかった。まだ9時を少し回ったところ。なぜか外がにぎやかだ。こんなときにかぎって空まで明るい。快晴ではないが、ずっと続いていた灰色の空のところどころに晴れ間が見える。窓から外を見ると、土曜日のこの時間にしてはずいぶんと人が多い。ゆっくりと着替えて、幸いにも今日は動くエレベーターで1階に下り、外に出てみた。すると色彩のないこの街にすっかり慣れてしまったこの目にそれが飛び込んできた。

「オレンジ、オレンジだ！　オレンジ色のオレンジ！　本物のオレンジ！」

みんなスーパーからの帰りのようでオレンジを抱えている。このままビタミン欠乏症で生きていくのかと思っていた渉も、慌ててスーパーへと歩きだす。次第に早足になる。やがて小走りになり、そしてダッシュになった。

スーパーは人でごった返していた。この辺りにこれほど人が住んでいたのかと思うほどの混雑ぶりだ。日本のデパートのバーゲンセールのように、誰もがわれ先にと争いながらオレンジに向かっている。これを逃したらもう二度とビタミンにはありつけないかもしれない。渉も他の人を掻き分け進んでいった。ところどころで本当に争いが起きている。

「おい、ちゃんと並べ！」

「俺は前からここにいるよ！」

「押すな、こらっ！」

「押しているのはお前だろ！」

渉がオレンジをゲットしたのは入店から30分近く経ったときのこと。1個80ペニヒ（60円）。1人3個までという制限はあるが、どうにかビタミンにありつけた。

満足げに寮に戻ると管理人のおじさんに久しぶりに会った。先日再び100西ドイツマルクを500東ドイツマルクに換えてもらって以来だ。

渉が抱えているオレンジを見て、

「おーっ、お前も買うことができたか！」

と言って力強く握手をしてくる。3色ボールペンはプレゼントしたが、このオレンジはあげられない。

「俺は一番に家族みんなで並んだよ。子供にも売ってくれるからな」

「でもどうして？　今日はお祭りか何かあるの？」

「毎年この時期に売り出されるんだ。クリスマスも近いしな」


明日からしばらく会うことができないエレナと待ちに待った中華料理の夕食。今日だけはエレナと一緒のことよりも中華料理を食べられることがうれしい。チャーハン、餃子、ラーメンの夢を何度見たことか。いよいよ正夢になる。3日前レストランに出向き、予約した。ヤニスに言われた通り、マネージャーとおぼしき蝶ネクタイをした男にチップとして10西ドイツマルク（800円）を渡した。するとうなずいて名前、人数、日時を訊いてきた。10西ドイツマルクはそこそこ痛いが、中華料理のためなら決して高くはない。この3日間、チャーハン、餃子、ラーメンは大盛りになって渉の頭の中を駆け巡っている。

パラストホテルの階段を2人で駆け上がる。今日の渉は息が荒い、終始興奮状態だ。入り口で無愛想なウエイトレスに「今日は予約がある！」堂々と言う。ついでに「ざまぁみろ！」と小声でつけ加える、もちろん日本語で。名前を告げると小さなテーブルに案内された。他にはホテル客らしい人たちが数組ほど。渡されたメニューを開くと興奮もいよいよ最高潮。血管がチョチョ切れそうになってきた。「いかんいかん、落ち着け！」と言い聞かせながらも「これが落ち着いていられるか！」と言っている自分がいる。何といっても中華料理が食べられるのだ！　5ペニヒパンではない！　学食の肉とイモでもない！　魚の燻製でもない！　1マルク米定食でもない！　中華料理だ！　ガハハハハ！

さぁ何からいくか。予定通り大盛りチャーハンと特大餃子、大盛りラーメンの3点セットでいくか。意気込んでメニューを開くと「?.」。どうも見当たらない。こちらに来てからメニューというのはどうもわかりにくい。写真付きならいいのにと思うことが多い。前菜の欄を見ても餃子がない、意気消沈。いやっ、でも「春巻き」がある。「前菜の盛り合わせ」も頼んでみよう。ラーメンも見当たらないが、おぅ！「焼きそば」ならある。よっしゃ「チャーハン」はある！　ついでに「野菜炒め」「チキンとカシューナッツ炒め」も！

次々に注文する渉をよそにエレナはおとなしい。

「渉、これちょっと高いわ」

興奮して値段まで気にしていなかった渉がメニューを見直す。確かに一品が15マルク前後。でもこれくらい大丈夫。エレナとのクリスマスパーティーだ。

白ワインを飲みながら、エレナは数えるほどしか食べたことがないという中華料理を楽しんでいた。渉も久しぶりの中華料理。考えてみれば、このようなちゃんとした中華料理レストランというのははじめてかもしれない。日本で食べていた中華料理というのは、さっきまで頭の中を駆け巡っていた3点セットくらいだ。

「日本料理はどう違うの?」

エレナは以前ここが日本料理レストランだと思っていた。

「そうだなぁ。まぁ似ていることは確かだけどね、それほど脂っこくないかな。ライスは炒めずにそのまま白いライスを食べる。魚は調理せず生のまま食べることもあるよ」

「えっ、生の魚を?」

魚をあまり食べない国の人から見れば、生魚を食べるなんて想像もできないのだろう。アサムだったら失神してしまう。

「エレナの国では魚は食べないの?」

「海がないから。でもマスなら食べることもあるわ」

海に囲まれた島国と海に面していない国。食文化も様々だ。

いつか授業で、それぞれの国の食べ物の話題になったことがあった。ヨーロッパではやはり肉とイモ、それにパン。肉の種類もいろいろで、豚、牛、鶏、七面鳥、羊。鹿も食べるというのにはちょっと驚いたが、もっと驚いたのはウサギを食べること。逆に意外だったのは「日本では馬を食べる」と言って驚かれたこと。馬を食べる文化はヨーロッパにはないらしい。

プーミのラオスでは何を食べるのか？　おそらく中国と同じだと思って、

「ヘビやカエル、犬や猫を食べるのか？」

と言ったら教室の雰囲気が変わってきた。

「犬や猫を食べるのは中国人だよ」

プーミは笑いながら言う。

「中国人は４本足のものは机と椅子以外、空飛ぶものは飛行機以外何でも食べる」

中国人がいないことをいいことに渉が言うと、みんなも笑った。ついでに、

「韓国でも犬を食べる文化がある」

と言うと、４人組のパクとチェが怒りだした。

「お前ら日本人は鯨を食べる野蛮人だ！」

喧嘩ならちょっとやそっとじゃ負けない自信はあるものの、この４人組に囲まれたら勝ち目はないかもしれない。渉は黙り込んだ。

犬や猫はさておき、牛や豚を食べている者から鯨を食べることを批判される筋合いはないといつも思うのだが……。

ヨーロッパの人には日本料理より中華料理の方が食べやすいのかもしれない。エレナはすべてひと通りおいしそうに食べた。今は食後のサービスとして出てきた梅酒を飲んでいる。

渉は人が食べている姿を見るのが好きだった。自分が食べている姿を見られるのは好きではないが……。

エレナは食べているときもきれいだ。アルコールが入り少し赤くなった頬はもう何度も見ているが、決して見飽きることはない。

そしてその目がいつも素敵だ。見つめられるとすべての感情が飛び去ってしまう。はじめて耳にする不思議な音楽に引き込まれていくように。


生まれてはじめて書くクリスマスカードを理美に書いている。

何げなく来たこの国で、日本を捨てるようにやって来たこの街で、苦しみながらも何とかやっている。まだ苦労は絶えないが、授業にはどうにかついていっている。

これからどうなるのか、これからどうしようかなどわからないし、決めようともしていない。でも、あらゆることがはじめてだったこれまでの日々がムダではない気がする。渉はそんなふうに思う自分が不思議だった。抜け殻のようだった自分が少しずつ変わっている気がする。

細かいことをいっても仕方ない。渉は大きく「Frohe Weihnachten!《メリークリスマス》」とだけ書いた。

さっき別れ際にエレナは渉を離さなかった。長いキスだった。年が明ければ、またすぐに会えるというのに。

このところ渉はよく夢を見る。似たような夢を。

暗くはない。でもいくら目を凝らしても視点が定まらない。

もがいている。でも苦しくはない。

女を抱いている。でも誰かはわからない。いつも同じ女なのかどうかも。


今年最後の個人レッスンは、ブルックナー先生の家に招かれた。クリスマスは寮で過ごすと言った渉を哀れんだようで、両親の住む街、エアフルトに発つ前に食事に招待してくれた。

シェーネヴァイデという駅から歩いて10分ほどの集合住宅の一室。東ベルリンの中心からやや南にあるこの地域。電車に乗っていると、ひと駅ごとに荒廃が進み、殺風景になっていく。かつては人が住んでいたかもしれない建物がところどころにあるが、ほとんどがもぬけの殻のようだ。住人がいたのは戦時中のことで、その後使われていない。だったらこんなみっともない建物など取り壊せばいいのだが、それには金がかかるからなのか、それともただ単に面倒だからなのか。

ブザーを押すと、渉の寮の部屋よりもはるかにおしゃれな音がして、ブルックナーが笑顔で迎えてくれた。今日はズボンにトレーナー姿。大学ではお目にかかれないラフな服装だ。顔が小さく手足は長いのに胸とお尻は大きい、理想的な体型。ドイツ人のビア樽体型もずいぶん見慣れてきたが、やはりこの方がいい。

中へ通されるとリビングルーム。テーブルの上には七面鳥のローストとポテトサラダが待っていた。そして花瓶が。この国のどこにこんな色鮮やかな花があるのかと思うほど、カラフルな花が飾られてある。

「どうぞ。大したものはないけれど、今日は飲んで食べてお話ししましょうね」

きれいなお姉さんに優しくされると、いやはや何とも何とも……。渉はまたしても自分の単純さにおかしくなった。

お世辞にも高級マンションとは言えないが、ずいぶんと整っている。このリビングルームの他にもう一部屋。大きくはないが一人暮らしには十分だろう。かなり旧式だがテレビもあり、キッチンには大きな冷蔵庫もある。本棚にはソ連の人形マトリョーシカが飾られている。バカッと割るともうひとつ入っていて、それを割るとまたもうひとつ入っているあの人形。

そういえばソ連人はマトリョーシカ風の人が多い。クラスメートのソ連人、ジーナは細身だが、医者志望のザハールもライサも恰幅がいい。まるでこの人形のようだ。叩き割れば、きっともう2、3人入っているに違いない。

ブルックナーは冷蔵庫からワインボトルを取ってきてグラスに注ぐ。

「ザクセンワインといって、私たちにはあまり手に入らないワインなの」

ひと口飲んでみたその白ワインは辛口とボトルには書いてあるが、とても口当たりが良く、飲みやすかった。

「渉、大学生活はこれまでどうだった？」

「はい、まだまだだけど生活そのものにはずいぶん慣れてきました。ドイツ語も最初の頃よりはマシになったかな」

ブルックナーがうなずく。

「先生のレッスン、とても楽しいし役に立っています」

ブルックナーは七面鳥を皿に盛りつけながら笑った。

「渉、これからはどうするの？」

クラスメートとも、ときどき話題になることだ。いつまでも語学コースに在籍してはいられない。みんな将来を見据えて、まずはドイツ語を習得し、その後はそれぞれ自分の目指す道を行こうとしている。

「まずはもう少しドイツ語を習得し、それからゆっくり考えます」

嘘ではなかった。今はそうとしか言いようがない。

「まだ日本には帰らないわよね」

「ええ、まだ……」

渉がそう言うとブルックナーは軽く笑った。

こちらに来て七面鳥ははじめてかもしれない。まさか学食の２マルク（１６０円）定食に七面鳥はあり得ない。ポテトサラダは日本とは違って、マヨネーズではなくお酢で味付けされている。

涉はマトリョーシカの上の棚に飾られている写真に注目した。2歳くらいだろうか。ブルックナーに似て目のぱっちりした女の子の写真が3枚飾られている。

「先生の子供?」

と訊いた涉にブルックナーが笑顔で言う。

「それは私の姪なの。妹の子」

ブルックナーは棚から1枚を持ってきた。

涉は、写真はあまり好きではない。撮るのも撮られるのも、そして見るのも。日本からカメラは持ってきていない。写真を見せられて苦痛ではないのは久しぶりだった。

高校時代、クラスの仲間から見せられる写真は散々なものばかりだった。

「私の彼よ!」などと言って無理やり見せてくるその写真は、どう見ても「日に焼けたゴリラ」にしか見えない。「俺の彼女だ!」と自慢げに見せられたそれは、「化粧したおかめのお面」といったところか。まぁ似合いのカップルではあったのだが……。

さらに苦痛だったのは高校3年になって見せられた写真。歳の離れた兄姉がいる者の中には甥や姪ができ、早くもおじさん、おばさんになったのだが、その連中が頼んでもいないのに何枚も何枚も見せつける甥や姪の写真は、どう見ても「ちょっと進化したサル」のようなものばかり。喜び勇んで見せてくるものだから「何か褒めてやらないと」と思い、必死に言葉を探すのだが褒めようがない！　やっと見つかった褒め言葉は「あぁ、元気そうな子だね」がせいぜい。1歳、2歳になった子はどうにかサル顔は脱したものの、おじさんやおばさんに似て全然かわいくない！　かわいさのかけらもありゃしない!!

ところがブルックナーの姪はかわいい。少なくともゴリラやおかめのお面の比ではない。

「もうすぐ3歳になるのよ」

そう言ってブルックナーは写真にキスをした。

「日本も今は冬なのかしら？」

「季節は同じです。でも僕のいた東京は、ここほど寒くはないですよ。雪もほとんど降りません」

渉はすぐそこにあるテレビを見つめながら訊いた。

「先生はよくテレビを見るのですか？」

「ええ、帰宅して時間があればね」

ちょっとためらったが渉は訊いた。

「西の番組を？」

ブルックナーはうなずいた。つい先日、映画『将軍　SHOGUN』を観たとうれしそうに話す。日本ではかなり前に放映されたものだ。

「まさか先生まで、日本人はみんな着物を着てちょんまげを結っているとは思っていないよな……」

涉は嫌な予感がした。というのも、こちらに来て日本のことを知らないのならまだしも、ずいぶんと勘違いしている人が多いことがわかったからだ。

「全国民が空手を習得している」からはじまり、「着ているものは着物で、下着はふんどし」「音楽は演歌と民謡」「悪事をはたらけば指をつめるか切腹をしなければならない」などなど。

確かに日本は遠い国ではある。ただし、「日本と東ドイツの距離」は「日本と西ドイツの距離」よりはるかに遠い。わずか一枚の壁がその距離を何倍にもしている。

「マツダは素敵な車ね」

ブルックナー先生まで……。やっぱり言っておこう。

「先生、よく見かけるマツダ・ファミリアは、もう古くて日本ではほとんど走っていません」

ブルックナーは目を丸くする。

「日本ではトヨタ、日産、ホンダの方が人気あります」

より目を丸くするブルックナーに、涉は先日の飲み会で話題になったことを訊いてみた。

「先生、この国の車は？　トラビィって？　ホーネッカー・ベンツって？」

ブルックナーはあきれるような顔をしたが、すぐ笑顔になって教えてくれた。

トラバント、通称トラビィ。東ドイツの国産車。この国に来てから毎日目にする、真っ黒い排気ガスを放つあのポンコツ・クラッシックカー。マツダ・ファミリアや、もちろん西ドイツの車と比べればおもちゃのようなもので、エンジンは2サイクル。ボディはプラスチック。ボール紙でできているという噂もあるらしい。

このトラバント、西のテレビ番組ではよく笑いものにされていて、曰く「雨に弱い」「高速道路は走れない」「人身事故を起こすと、ひかれた人は無傷でも車は大破する」「森に停めておくと鹿に食べられる」などなど。

そしてまたそのトラバントは、東ドイツの最高権力者であるホーネッカーにはお似合いのベンツ「ホーネッカー・ベンツ」だ、などと国民は陰口を叩いているという。

次々に出てくるブルックナーの言葉に驚いていたが、思わず笑いが出てきた。

「この国ができてからトラバントは一度もモデルチェンジしてないのよ」

ブルックナーも笑いながら話していたが、突然真顔になって次のひと言を言った。

「そんな車なのに、私たちは10年以上も待たないと手に入らないの」

渉も真顔になった。

楽しかった。食事もワインもおいしかった。最後に大きなケーキと紅茶を出してくれた。お腹いっぱいだ。

渉はブルックナーがどこかでこの国に不満を持っているのだとはっきりわかった。テレビなどから西の情報が入れば、不満を持たない方が不思議だろう。ブルックナーだけではない、これまでに出会った多くの東ドイツ人も、東ヨーロッパ人も。

ブルックナーは最後に「素敵なクリスマスを！」と言って渉の頬にキスをした。

ブルックナーに招待された2日後、それは淡い夢を見ているようだった。

その夜、寮からひと駅ほど歩いたフランクフルター通りのバーで、ついつい飲み過ぎてしまった。

ヤニスとプラクシーはギリシャに帰ったのか、寮にはいない。レクリエーションルームでは2人の男がテレビを見ていた。面識はあるが特に親しいわけではない。渉は散歩がてら外に出た。いつもはシュトルコバー通り駅の方へ歩くのだが、反対側のフランクフルター通りをあてもなく歩いていたときに偶然見つけたバーに入った。カップルでそこそこ混み合っている。渉はカウンターに座り、ビールを注文した。バーといってもしょせんこの国だ、おしゃれなものではなく、酒の種類も少ない。生ビールを持ってきたバーテンダーが言う。

「国へは帰らないのか？」

年末年始のことを言っているのだろう。

「日本は遠いから」

バーテンダーが驚いた顔をする。いつものことだ。渉は先回りして言う。

「空手はできないよ」

バーテンダーは笑いながらショットグラスを持ってきて、渉の前でシュナップスを注いだ。

「おごりだよ」

忙しいせいか、会話はとぎれとぎれだ。

「ここで何をしている？」

「大学に通っている」

「フンボルト大学？」

「そう」

月並みな会話だ、わずらわしくはない。

みんなでにぎやかに飲むのもいい。エレナと2人のときも。そして、1人っきりでこうして行き当たりばったりのバーで飲むのも新鮮だった。

ビールをチェイサーにシュナップスを何杯か飲んだ。注文しなくても、なくなれば注いでくれた。

「また今度な！」

1時間近くいたと思う。バーテンダーと力強く握手をして店を出たのはおぼえている。ただし、どうやって寮にたどり着いたかは思い出せない。どうやって部屋に入ったのか、いつベッドに横になったのかも。

時間はわからない。窓の外はまだ暗かったはずだ。ドアがガタガタと鳴ったと思ったら、すぐそこに男が立っている。体格がいい。暗さに隠れるような黒い服を着ている。顔の形はわかるが表情まではわからない。寝ている渉をしばらく見ていたかと思うと、今度は渉に背を向け本棚を見ているようだ。やがていなくなった。

渉が頭を抱えながら起き上がったのは、翌朝8時を少し回った頃。どうせ授業はない、寝過ごしたってかまわない。部屋を出て冷蔵庫からミネラルウォーターを取り出し飲み干す。

夢にしてはあまりにもリアルだった。渉は部屋に戻り、男が立っていたところに立ってみる。何も変わりはない、いつもと一緒だ。ただし本棚のノートが1冊倒れている。酔って帰って来たときに自分で倒したのだろうか。

帰省した人が戻って寮もにぎやかになってきた。ここのところ見かけなかったアサムがいる。恋人のシモンも一緒だ。夜になってヤニスとプラクシーにも会った。珍しく女連れではなかった。顔が日に焼けている。「イタリアでスキーをしていた」とは何とも優雅な2人だ。

年が明けて間もなく大学もはじまった。わずかな休みだった、みんな変わっていない。

エレナも無事帰ってきた。お土産にと言ってチェコのビールをくれた。久しぶりに見る缶ビール。そういえば、ここ東ドイツでは缶ビールを見かけない。

担任のDr.メーベスから簡単な挨拶があったが、その後はすぐ授業。日本のように堅苦しい形式ばった挨拶はない。

涉は教室を出て行こうとするメーベスをつかまえた。

「西ベルリンに行きたいのですが」

国際課で訊いてみたところ、出国ビザ兼再入国ビザが必要で、取得するにはまず担任の許可が必要だと言われた。涉のような西側諸国の者でも自由に出入りはできない。この国を出る際には出国ビザ。再び入国する際には再入国ビザが必要だ。それがひとつにまとまっていることだけは幸いだが、何とも面倒だ。

メーベスは一瞬不機嫌そうな顔をして涉を見た。

「行く日にちと期間、理由を書面にしなさい」

初日はブルックナーの単語の授業で終わった。

毎回新たな単語がいくつも出てくるのだが、その単語を使って例文を作り、単語を混ぜて会話もする。

涉は自分のボキャブラリーが他の者より劣っていることを思い知らされていたので、この休みの期間も辞書を手放さず予習・復習は欠かさなかった。おかげでかろうじてブービー賞は保っている。最下位はわずかな差でプーミのはずだ。

授業が終わった後、渉はブルックナーに先日お世話になったお礼を言った。

「またいらっしゃい」

笑顔で言ったブルックナーに渉は頭を下げた。

「おっ！」

大きな胸がすぐ目の前だった。


新年会と言えるほどの場所ではないが、この日はハッケッシャーマルクトのいつものレストランで軽く乾杯した。軽くといってもソ連組は今日もいきなりシュナップス。渉とエレナはビール。今日も飲むだけ、つまみはない。

「渉、西ベルリンに行くの？」

アンナに訊かれた。西へ行くことができないみんなには申し訳ない思いもあるが、ここは正直に言った。

「うん、一度ちょっと行ってみる」

「行くことができるんだ、遠慮することないよ」

パベルが言う。

「私の分もおいしいもの食べてきてね」

「俺はアメリカのタバコが欲しいなぁ」

「俺はベンツがいいなぁ。ホーネッカー・ベンツじゃない本物の」

みんなが笑う。今日は渉もこの話題についていくことができる。

「でもビザを取るのが面倒だなぁ」

「そうね、1週間くらいかかるわよ」

みんなの話では先日のクリスマスに里帰りしたときに取った出国・再入国ビザは、取得するまでちょっとした手間がかかったという。まずは担任の許可書。その許可書を持って国際課で正式なビザ申請書をもらう。そのビザ申請書を持って警察署へ行き、そこでやっとビザを取得できるらしい。

「そうか、早めにやるよ」

今からやっても西ベルリンに行くことができるのは1週間後か。

「渉、休みの間何してたの？」

「特に何も。ゆっくりしていたよ。ちょっと勉強もしたかな」

「嘘つけ、ブルックナーと遊んでたんだろ！」

ザハールのひと言にみんなが笑う。

「そういえば……、部屋に誰かが入って来たんだよ」

「また、お前酔っぱらっていたんだろ」

確かに酔っていた。

「また女でもつれ込んだんでしょう」

やはりあれは夢だったか……。


「西ベルリン、いいわね」

駅まで手をつなぐエレナが言う。嫌みでも何でもない、正直な言葉だ。

「エレナ、何か欲しい？」

「ファッション雑誌があったらぜひ」

チョコレートか何かかと思ったが、雑誌とは意外だった。

「でもあまり無理はしないでね」

無理なわけない、簡単なことだ。

「まだ1週間先のことだよ」

エレナはキスをしてくれた。もう頬にすることはなくなった。


「おい渉、レクリエーションルームで待ってるぞ」

部屋でラジオを聴きながらくつろいでいると突然プラクシーがやって来た。駆けつけると、ヤニスとプラクシーはギリシャの酒「ウゾ」を用意して待っていた。今日も女連れ、またまた以前とは違うガールフレンド。東ドイツ人だと紹介されたが、名前はすぐに忘れてしまった。おぼえる気もなかった。どうせ次回はまた違うガールフレンドが来るだろうから。

グラスに注がれたウゾは接着剤にも似た強いにおいがした。こちらに来てからずいぶんと強い酒を飲むようになった。しかもストレートで。

「そうか渉、西ベルリンに行くのか！」

「サングラス持って行け！　まぶしいからな」

「うまい酒飲んで、おいしいもの食ってこいよ！」

「西の女はダメだ！　桁ひとつ高い」

ヤニスとプラクシーの言葉にガールフレンド2人も笑っている。しかし会うやつ会うやつ、みんな酒好きだ。

「ビザが面倒だよ、担任もいい顔しないし」

「国際課のおやじを買収すれば数次用のビザくれるんじゃないか？」

ウゾのボトルもすぐ空いてしまいそうな勢いだ。

「渉、両替もしてこいよ！」

「渉の天国への旅立ちに乾杯！」

「そして地獄への生還にも！」

プラクシーが最後の一杯を注いでくれた。

タイムマシーンに乗って

ビザは5日で取得できた。

担任のメーベスに提出した書面には、西ベルリンへ行くのは「今度の土曜日の日付と期間は1日」と素直に書いた。理由は……少し迷った。まさかヤニスとプラクシーの言う通り「うまい酒と食べ物のため、でも女はいらない」などとは書けない。結局「見聞を広めるため」などと面白くもおかしくもない、当たり障りのないことを書いた。メーベスが無表情でサインしたその書面を国際課に提出。3日後に警察に提出する正式な申請書類を受け取り、翌日パスポートを持って警察で申請した。出てきた警察の担当者は当然のように無表情。それどころか「俺の仕事を増やしやがって」とでも言いたそうにやがて渉を睨みつけ、自分のデスクに戻り、あくびをしながら手続きをはじめた。ビザ発給といってもハンコひとつパスポートに押せばいいだけなのだが、それに30分もかかるのがこの国だ。15東ドイツマルクを支払って取得したビザは、今日から1週間有効で日にちは手書きで記されている。有効期間内であればいつ出国し、いつ再入国してもかまわない、かなり大ざっぱなもの。ただし再入国したら効力をなくす1回のみ有効のビザ。次回東ドイツを離れるときは、また同様の手続きをしてビザを取得しなければならない。国民だけでなく、東ドイツ在住の外国人、特に西側諸国の外国人の移動まで制限しているようだ。

異国ではあるが電車で10分の隣街。すぐ行って、その日のうちにすぐ帰って来る。お気楽な旅だ。

当日の朝、パスポートを首から下げる貴重品袋に入れ、手ぶらで寮を出てフリードリヒ通り駅の出入国審査場へ向かった。この国に入国したときもここからだった。寮から最も近い検問所で交通の便もいい。

西ベルリン行きの往復切符を買って審査場の建物に向かう。入り口手前は土曜日の朝にもかかわらず人が多い。涙を流しながら抱き合っている人がそこかしこにいる。それが西の人と東の人であることが服装ですぐにわかる。50年といわれる東西ドイツの経済格差は服装にもいえることだ。西のファッションは常に世界最先端の流行を追いかけているのに対し、東には流行などというものが存在しない。国営工場で大量生産された同じものを誰もが着ることになる。服の質も違う。当然ながら東のそれはかなり粗末だ。テレビなどで情報は入ってくる。特に若い人は西のファッションにあこがれないわけがない。ファッションだけでなく、すべてのものに。

出国審査場。この建物に入ることができるのは西へ行くことができる人だけ。一般の東ドイツ人は入ることができない。中はけっこう混み合っている。渉のような西側諸国の外国人もいるのだろうが、ほとんどは西へ行くことができる定年を迎えた東ドイツ人。これも服装でわかる。子も孫もいて亡命する心配もない、仮に亡命を希望しても労働力にもならないようでは西ドイツも受け入れない老人たち。この年齢にならなければ一般の東ドイツ人は西へ行くことができない。

でもお金は？　西では東ドイツマルクは何の用も足さない。エレナは「西ドイツマルクなら誰でも少しは持っている」と言っていたが……。やはりあのインターショップのときのように西の人に「チェンジマネー」してもらうのだろうか……。

「東ドイツマルクは持っていないな？」

係官が睨みながら言う。渉は首を横に振り、そのまま通り過ぎた。こういうときは手ぶらがい い。東ドイツマルクは持ち出すことも持ち込むことも許されていない。仮に持ち出しても受け取ってくれるところなどない。東ドイツ内でしか使うことのできない通貨だ。

出国審査はパスポートに出入国カードを添えて提出する。カードには日本の住所を書く欄もあるのだが、何と書いても係官にわかるはずがない。「Tokio Kobe 123」と書いた。ついでに署名欄には「磯野カツオ」と。この国に対するささやかな反抗か……。

出国審査は意外と早く終わった。係官の機嫌が良かっただけかもしれない。プラットホームへと続く階段を上がる。停車中の電車は西ベルリン行き。このホームにはもう西行きの電車しかないし、西へ行く人しかいない。扉が開くのを待った。

もう出国審査を終えたといってもここはまだ東ドイツ内。駅は全体的に薄暗く、銃を背負った国境警備兵が至るところにいる。驚いたのは国境警備兵が電車の中だけでなく屋根も、そして底までチェックしていることだ。若い警備兵が屋根の上を歩いている。線路に仰向けになり1両ずつ全車両の底を入念に調べている。こんなことをして……と思うのだが、おそらくかつてこのように屋根や底にしがみつき、亡命した人がいるのだろう。

国境警備兵が警戒しているのは、西へ行くことができない一般東ドイツ人が紛れ込んでいることだけではない。警備兵同士もそうだ。一般の人には近づくことができない国境ぎりぎりの壁際まで、何の問題もなく近づくことができるのは国境警備兵だけだ。だからこそ東ドイツ政府は、国境警備兵の人選にも神経をとがらせている。亡命するはずがない、国に忠誠を誓う者が選ばれているはずだが、実際に国境警備兵の亡命は起こっている。

電車の扉が開き、乗車する。待っていたときは薄暗いせいでわからなかったが、明らかに西の電車だ。広告がある。シートが違う、東の電車の座り心地とは全く違う。

国境警備兵による車両チェックが終わり出発した。もうこっちのものだ。あとは壁を越え西ベルリンに入るのを待つだけ。だんだんと国境が近づいているのがわかる。渉は思わず立ち上がった。高架を走る電車の窓からは緩衝地帯と呼ばれる無人地帯がはっきり見下ろせる。東側から一歩でも足を踏み入れれば射殺の対象となるところを通過している。やや遠くには壁が見え、すぐ下にはシュプレー川が流れている。どうやらこの地点では川が国境になっているようだ。あっという間に国境を越えていく。

西ベルリンに着いても西ドイツの入国審査はない、もちろん出国審査も。壁を設け国境を閉鎖し、厳重に警戒している東ドイツとは対照的だ。

これで自由の国に入った。自由の身だ。渉は刑期を終え刑務所を出所したかのような気分になった。

すると視界が開けてきた。視力が徐々に回復するかのように目の前が鮮やかになっていく。街並みが、人が、建物が、車が、木々までが鮮やかだ。冬だというのに空が青い。

西ベルリンの中心、ツォー（Zoo）駅で降りた渉はしばらくその場に立ち尽くした。東ベルリンを発ってからのこの10分は何だったのか？　それはまさしくタイムマシーンだった。戦後の廃墟が残る東ベルリンから世界一の経済力を争う国の象徴西ベルリンへ、電車でわずか10分で来てしまった。

ヤニスとプラクシーが言っていたように、50年の時差をわずか10分で飛び越えてしまった。まぶしい。カーテンを開けたときに飛び込んでくる朝の陽ざしのように、すべてがまぶしい。サングラスが必要というのも本当だった。

渉は我を忘れて歩き続けた。この街ははじめてではない。日本を発って到着したフランクフルトにも、この西ベルリンにも1泊している。生まれ育った日本だって西側諸国の一国。西ドイツと大差はないはずだが、この数カ月の東ベルリンでの生活で忘れてしまっていたようだ。

どれくらい歩いただろうか。渉は落ち着いたからなのか、それとも落ち着くためなのか、通りがかったバーに入った。カウンターに座るとバーテンダーが笑顔で迎える。

「こんにちは。何になさいますか？」

忘れていた心地よい挨拶。迷わずビールを注文した。

じっくり時間をかけて注がれた生ビールは液体と泡のバランスが絶妙だった。飲もうと口に近づけると何とも言えない香りがした。そしてひと口飲むと舌にズシリと苦みが広がった。

これぞビール、まさしくビールだった。忘れていた本物のビールだった。

2杯飲みチップを多めに払った。満足だった。ビールにもサービスにも。これで東に帰ってもいいと思うほど、それだけで満足だった。


にぎやかな通りを歩いていると両替ショップが目についた。入ってみるとカウンター1つ、店員1人しかいない小さな両替所だったが、カウンター上の色鮮やかなキャンディーが山積みされたバスケットに目を奪われた。

「よろしければどうぞお取りください」

渉があまりにも物欲しそうに見ていたからか、カウンター内から店員の男の人が笑顔で言う。お礼を言った渉は左手でいくつか取ったキャンディーをポケットに入れた。そのあとすぐ右手でも。

電光のレート表には、各国通貨のレートがその国の国旗で表示されている。

日の丸のBuyの欄には「0・0128」。わかりにくい。1万円を西ドイツマルクにするといくらになるかを訊くと「128マルクです」と言う。そういうことか……。ということは1マルク80円くらい。日本を発つ前とほとんど変わっていない。

そして……「?」。目に留まったのは、なんと東ドイツの国旗。

西ドイツ、東ドイツの国旗とも上から黒赤黄の3色で同じデザインだが、東ドイツの国旗の真ん中にはちょっとしたマークがある。ハンマー、コンパス、麦からなるこのマークは、それぞれ労働者、知識人、農民を意味するとして、マウアーの授業で例のごとく自慢げに教えられた。それがどうも共産主義的でみすぼらしい。

間違いない、東ドイツの国旗だ。

「東ドイツマルクもあるのですか?」

店員は「当然」というようにうなずく。

「でも東ドイツマルクは東ドイツ内でしか扱っていないのでは?」

「確かにそうですが、どこでも扱ってますよ」

「なに正論ほざいてるんだ」とでもいうように、店員は笑いながら言った。

Sellの欄を見ると「0・126」これもわかりにくい。1東ドイツマルクを買うのに0・126西ドイツマルクが必要ということか……。

100西ドイツマルクを東ドイツマルクに両替するとどれくらいになるか訊いてみた。

「793マルクです」

「はっ？」

ほぼ8倍。1対8。東ドイツマルクは西ドイツマルクの8分の1の価値しかない。価値に差があるのはわかっていた。寮の管理人のおじさんが1対5で換えてくれたことからも。インターショップで何度も「チェンジマネー」と言われたことからも。ただし、ここまで差があるとは思わなかった。

東ドイツ政府の公式レートは1対1。東ドイツの銀行で両替しても100西ドイツマルクは100東ドイツマルクにしかならない。しかしこちらで両替すれば8倍になる。禁止されてはいるが、うまく持ち込めば1万円が8万円になるのだ。

西ドイツマルクはドルや円と同様に外貨。世界どこへ持って行っても通用する。しかし東ドイツマルクは東ドイツ国内でしか通用しない。外貨に比べれば明らかに価値の低い通貨だ。それがこの1対8というレートになっている。本来は西に持ち出すことはできない、西で入手し東に持ち込むこともできないはずの通貨だが、それが西の至るところで取引されている。

東ドイツ政府の公式レートなどあくまでも建前。国民に対して「東ドイツマルクは西ドイツマルクと同じ価値がある」と言い張っているのだが、そうでないことは誰もがわかっている。東ドイツマルクがインターショップで通用しないことからも。

渉は苦笑いしながら100西ドイツマルクを換えてもらった。今ようやくわかった、ヤニスが

「両替してこい！」と言った意味が……。

管理人は500東ドイツマルクしかくれなかった。その差300マルク。それが2回で600マルクまんまとやられた。

「あのおやじ……」

渉の左手は再びキャンディーにのびていた。今度はわしづかみ、そしてポケットに。その後すぐ右手でもわしづかみ。

渉には、まだやりたいことがいくつもあった。

まずは郵便局に行った。理美に電話をするために。あれから何度か試みたが、やはり東ドイツから日本へ直接電話することはできなかった。理美の声が聴きたい、理美と話をしたいということもそうだが、それよりもこの陸の孤島での電話システムがどうなっているのかが知りたかった。東ドイツ内にありながら、この西ベルリンから東ドイツに直接電話することはできない。ではこの孤島から日本や西ドイツに電話するにはどうしたらいいのか？　電話コーナーではボックスがいくつも並んでいる。まずカウンターへ行き、日本に電話したい旨告げると、係の年配女性が丁寧に挨拶をして言う。

「3番のボックスをご利用ください。終わりましたらこちらでお支払いください」

システム自体は東ドイツとあまり変わらない。大きく違うのは係の対応だ。あとはつながるかどうか。

「日本にかけるにはどのようにしたら？」

「まず00。その後、えーと日本は81ね。０081を回してから相手の番号の最初の0を取って回してください」

「はい。ちなみに西ドイツにかけるには？」

「そのまま市外局番から回してください」

「えっ、じゃあ西ドイツからかけるのと同じですか？」

「ここは西ドイツですよ」

不思議だった。東ドイツ内の孤島であることは感じない。西ドイツ内にいるのと全く同じなのだ。


「渉、今どこなの？」

「うん、西ベルリンにはじめて出てきた」

「ずいぶん声が近いのね。元気だった？」

「うん、いろいろ大変だけど慣れてきたかな」

「春休みにでも会いに行くわ」

「じゃあ空港まで迎えに行くよ」

「何か必要なものは？」

「うん、ゆっくり考えておくよ」

「元気でいてね、また手紙を書くわ」

「うん、ありがとう」

いつもながら素っ気ない自分のセリフにあきれる。せっかくの理美との会話なのに何の色気もない。でもやはりうれしい。理美の美しさに触れたような気がする。そして理美が本当に来るのなら、その美しさに触れることができる。

８マルク。もちろん西ドイツマルク。日本への国際電話にしては高いのか？　理美と話すことができた、高いわけがない。


同じスーパーマーケットでも壁一枚隔てただけでこうも違うものなのか……。店内で渉はまたあ然としている。いったい今日は何回こんなふうに我を忘れて立ち止まるのだろうか？　果物も野菜もあふれている。色とりどりのチョコレートやグミが何種類もある。パンだって硬くないおいしそうなものばかりだ。チーズや牛乳、ヨーグルトなどの乳製品もどれを選べばいいのかわからなくなるほどだ。こんなに多くのビールは日本でも見たことがない。ワインも同様。実にいろいろな種類のアルコールがある。

集団就職で都会にはじめて来た若者のように、前後左右を何度も見ながら店内を歩き回った。

結局買ったのはバナナひと房とチョコレート数個。チョコレートはエレナやクラスのみんなにあげるつもりだった。レジの列が気持ちいいほど早く進み、店員も愛想がいい。

「こんにちは」

笑顔の挨拶がこれほどいいものかと痛感する。他の店員と話しながら嫌々やっている者などこにもいない。もちろん突然休憩に行ってしまう者も。

そうだ、袋がない。こちらでは日本と違い、レジ袋は無料ではない。マイバッグを持ってくるか、でなければ買うしかない。

「袋はどこに？」

渉が訊くと、

「すぐそこに」

店員は笑顔で渉の足元を指差した。渉は束になっているビニール袋を1つ取った。「あれ、これは……」東ベルリンでたびたび目にする袋だ。プラクシーにはじめて会ったとき、ビールを入れてきたあのカラフルな袋だ。

渉はビニール袋を片手にカント通りを歩いている。実に多くの飲食店があるにぎやかな通りを。ソーセージの屋台、それにもまして多いのがケバブ屋。中華料理、タイ料理も多い。韓国料理もある。

しかし渉が目指すのはもちろん日本料理！　いつも食べる「1マルク米定食」ではない、本物の日本料理。

ツーリストインフォメーションで訊くと、すぐ駅前のビルの中に「大都会」というレストランがあるが、それは鉄板焼きがメインでかなり高級。手頃な店ならこのカント通りをしばらく行ったところに「宇田川」というのがあると親切に教えてくれた。たどり着いたその店は「レストラン」ではなく「インビス」。軽食屋という意味で、かわいらしい店だった。勢いよくドアを開けるとたちまち醬油のにおいがしてきた、夢のにおいだ。

「こんにちは」

日本語の挨拶が心地よい。カウンター3席とテーブルが2つ。日本人夫婦がやっている小さな食堂。

「トトトトとんかつ定食ください。あとビールも！」

口ごもったのは日本語を忘れたわけではない。ただ興奮しているだけだ。

もう少し味わって食べればいいものを、渉は慌ててかき込み、頰張ってしまった。

「このためなら毎週ここに来よう。その間、東ベルリンでは何も食べなくたっていい。1マルク米定食などもう忘れよう。5ペニヒパンなど問題外だ」

未だ興奮冷めやらぬ渉は6月17日通りを歩いている。とんかつ定食ですっかり満足したので、もう東ベルリンに帰ってもいいのだが、もう一カ所行っておきたいところがあった。ブランデンブルク門だ。いつもは東側から見ているブランデンブルク門を反対側から見てみたかった。

6月17日通りは壁とブランデンブルク門を挟み、東ベルリンの目抜き通りウンター・デン・リンデンへと続いている。同じ一本の通りなのだが、壁の西側は「6月17日通り」。東側は「ウンター・デン・リンデン」だ。

緩衝地帯にあるブランデンブルク門
Photo by o.Ang（from Wikimedia Commons／German Federal Archive）
https://commons.wikimedia.org/wiki/File:Bundesarchiv_Bild_B_145_Bild-P061246.jpg

ベルリンの壁ができる前の1953年6月17日、東ベルリンで起きた民主化要求デモは暴動へと発展し、ソ連軍によって鎮圧され、処刑者を含む多くの死傷者を出した。その後のハンガリー動乱、プラハの春の先駆けとも言われている。西ドイツはこのことを忘れまいとして通りの名前に刻んだ。

いつもいる東ベルリンではブランデンブルク門に近づくことはできない。東ベルリンから見るとブランデンブルク門の手前に柵がある。そこから緩衝地帯がはじまる。国境であるベルリンの壁はブランデンブルク門より西側にある。つまりブランデンブルク門そのものは東ドイツ領である緩衝地帯にある。

逆に西ベルリンから見ればブランデンブルク門の手前にベルリンの壁がある。その向こうの緩衝地帯にブランデンブルク門があるので、ブランデンブルク門に近づくことは東ベルリン同様できない。

東ドイツ人も西ドイツ人も緩衝地帯に立ち入ることはできない。その緩衝地帯にあるブランデンブルク門に近づくことはできない。

東ベルリン側では緩衝地帯の終わりにあるベルリンの壁に近づくことなどできない、それはまさに「冷たい壁」だ。しかし西ベルリン側ではいつでも壁に近づくことができ、触ることもできる。それは見事なほど全面落書きで埋まっている。

西ベルリン側の壁際には展望台がところどころにあり、壁の向こうの東ベルリンをのぞき見ることができる。緩衝地帯と警戒態勢を目の当たりにすることができる。

渉は2メートルほどある展望台に上り、その風景を目に焼きつけた。エレナの分も、クラスみんなの分も、ブルックナー先生の分も。

高さ3メートルほどのこの壁が、いったいどれだけ多くの人々の自由を阻んでいるのか。

東側では自由に発言することは許されていない。政府を批判することなどできない。

ただしその不満が大きくなれば。そして1人1人の不満が重なり合えば……。

こんなにも名残惜しいが、東ベルリンに帰らなくてはならない。ツォー駅へとやって来た渉は売店でエレナへの雑誌を買った。女性誌が多くてわからないが、若者向けのファッション誌と芸能の話題が多そうなのを1冊ずつ選んだ。

もうひとつ、興味があったので長距離列車の掲示板を探した。電話同様とても不思議なのだが、これも東ドイツ内にある陸の孤島ということを感じさせない。出発も到着もすべて西側の都市とを結ぶ列車ばかりなのだ。ハンブルク、ミュンヘン、フランクフルト、ニュルンベルク。ウィーンやパリなどの国際列車もある。東ドイツ内にありながら東ドイツの都市へ行く列車はない。どの列車ももちろん途中で東ドイツ内を通るのだが、東ドイツでは停まらない。ノンストップで突っ切るだけか。

東ベルリン、フリードリヒ通り駅行きの電車。今度はタイムマシーンを逆に行く。近未来からわずか10分で50年前へ。辺りが暗くなっていくのと同時にだんだんと気が滅入っていく。一見、車内に観光客らしき人はいない。ほとんどが東ベルリンへ帰る老人たちだ。みんな買い物をしてきたようで、重そうな荷物を抱えている。

渉はすぐ前の親切そうな夫婦に声をかけた。

「こんにちは。東ベルリンへ帰るのですか？」

「ええ」

「ずいぶんとたくさんの荷物ですね」

失礼ながら、渉は不思議に思っていたことを訊いてみた。

「西ドイツマルクはお持ちなのですか？」

「私たちはね、西ドイツに親戚がいるの。その人から少し西ドイツマルクをいただくのよ。それとね、西ドイツ政府が私たちのような者に毎年１００マルクをプレゼントしてくれるの」

丁寧に答えてくれた。確かに西に親戚がいれば多少は工面してくれるだろう。

それにしてもやはり経済大国、西ドイツは太っ腹だ。西に親戚がいない人はその１００マルクで孫に土産でも買うのだろう。

しかしいずれにしても十分なはずはない。人生の終盤になってやっと渡航の自由は得られたのだが豪遊などできない。常に懐を気にしながら行動するしかない。

老夫婦は渉のドイツ語を褒めてくれた。この場にいるのだから渉が西の者であることはわかったのだろう。「どちらの国の方？」との問いに、

「日本から来てフンボルト大学で勉強しています」

と言うと、ずいぶんと喜んでくれた。手さげ袋からバナナを1本取り出し、渉に差し出した。バナナは東ではお目にかかれない高級品のはず。実は渉が手にしているビニール袋にもひと房入っているのだが……、ここはもらっておくか。

「私たちはずっと昔からの仲間じゃないか！」

と言って別れ際にご主人から握手を求められた。

昔からの仲間？　それってひょっとして？　まさか三国同盟時代からってこと？

昼間のひとときが突然真夜中になったかのように暗い。

フリードリヒ通り駅に着くとゆっくりと入国審査場に向かった。この国に来たときと全く同じ手順。行列で待たされ入国審査、そして税関検査。あのときはここでスーツケースを開けろと言われ困ったが、今日持っているのはビニール袋だけ。そのまま通り過ぎようとすると、係官の太った男が「止まれ！」と厳しい顔で行く手をふさぐ。

靴下の中に隠した東ドイツマルクにちょっとドキドキする。

「ビニール袋を見せろ！」

はじまった、またビア樽男の嫌がらせだ。「気が済むまで見ろよ！」とばかりに袋を差し出した。

「これはダメだ！」

男は2冊の雑誌を取り上げた。「ちょっと待ってくれ、それはエレナに」と言おうとしたが……。逆らったところでいいことなどないだろう。

「行け！」

仕方ない。東ドイツマルクを没収されなかっただけでもマシか。

両替所でパスポートを見せると「行け！」とのこと。こんなところで両替するつもりなどサラサラない。もちろん管理人のおやじとも。

外に出るとあのときと同じことを感じた。空気がよどんでいる。濁っている。においがする。西ベルリンではこんなことはなかった。西ベルリンでは常に一緒だった太陽もどこかに隠れてしまった。

今朝と一緒で、抱き合っている人たちが何組もいる。服装で西の人と東の人であることがわかる。西から東の親戚か友人を訪ねてきたのだろう。先ほどのような定年者は別として、一般の東ドイツ人は西へ行くことができないので、西の人が東に来るしかない。今は久しぶりの再会を泣いて喜んでいるところか、または東の間の再会の後の別れを惜しんでいるところだろう。

友人ならまだいいのかもしれない。遠い親戚でもどうにか。ただし壁は予告なく突然できたために、ごく身近な家族が引き離されたケースもある。親子や夫婦が。まだ結婚したばかりの新婚夫婦や、生まれたばかりの赤ん坊と離れ離れになってしまった人も。

いずれにせよベルリンの壁がもたらした悲劇。壁がなくなれば……。

電車でシュトルコバー通り駅まで行き、寮まで歩いていると幼い男の子を連れた女の人に声をかけられた。

「それをゆずっていただけませんか？」

「えっ、これを？」

渉が持っているビニール袋を指差している。いくら何でもこの中のバナナとチョコレートをあげることはできない。断ろうとすると、

「その袋をゆずっていただけませんか？」

「袋を？」

もう寮も近いしバナナとチョコレートは手に持って行けばいいと思い、ビニール袋を渡した。すると今度は男の子が騒ぎだした。渉が袋から出したバナナを指差している。「仕方ない」とさっき老夫婦にもらった1本をあげた。2人とも大喜びだった。「まぁいいか……。でもあんな袋をどうするんだろう」

それからが大変だった。すれ違う誰もが渉が手にしているバナナに注目する。さっきのような親子連れの男の子がバナナを指差し近づいてきた。

「バナナ、バナナ！　ママ、バナナ！」

「やれやれ」　渉が1本を差し出すと満面の笑みを浮かべた。

すると今度は後ろから幼い姉妹に声をかけられた。

「お願い、ぜひ！」

収拾がつかなくなってしまった。

次は杖をついたおばあさんが。前からはわんぱく3人組が……。

あぁバナナが……。

寮に着くと思った通りヤニスとプラクシーはレクリエーションルームにいた。またこれまでとは違うガールフレンドとテレビを見ている。

「おう渉！　無事帰ってきたか？」

ヤニスが手をあげる。渉は４人と握手してソファーに座った。あの西の電車とはいわなくても、もう少しマシな座り心地が欲しい。

「うん、楽しかったよ」

「まぶしかっただろ！　ビールもうまかっただろ！」

２人はお見通しのようだ。

「何食べてきた？」

「久しぶり本物の日本食を」

「待たずにレストランは入れただろ」

買ってきたチョコレートを渡すと、ガールフレンド2人は目を丸くしてさっそく食べはじめた。東ドイツ人だろう。東にもチョコレートはあるが包装の鮮やかさが違う。もちろん味も。

「これほど差があるとは思わなかった」

４人とも笑いながら興味深そうに聞いている。

「買ってきた雑誌を没収されたんだ」

「お前、エロ本でも買ってきたんだろ！」

「違うよ、クラスの人に頼まれた普通の雑誌だよ」

「エロ本買うやつはみんなそう言うよな」

　プラクシーの言葉に３人が笑うとヤニスが続ける。

「渉、ちゃんと隠さないからだよ。こんな国だからな、いろいろな制限がある。西の雑誌を持ち込むことはきっと禁止されているんだろう」

「ひょっとしたら係官が欲しかっただけじゃないの？」

　ガールフレンドの１人が口を挟んだ。

「俺たちはこの国から見れば敵対国の人間だからな。いろいろな嫌がらせがある。特に国境ではな。それだけじゃない、大学やこの寮の中にだってあるかもしれない。でも逆らっても仕方ない。こんな国だから従うしかない。向こうに行けるだけまだマシだよ」

　確かにヤニスの言う通りだった。

「両替もしてきた」

　東ドイツ人の前では控えるべき話題かとも思ったが言ってみた。

「レートは？」

「１対８」

「いいじゃないか！」

「管理人のおやじは1対5だった」

「あいつには気をつけろよ」

4人とも笑う。

「渉、ビザは1回きりのだっただろ。次の分も早めに申請しといた方がいいぞ。すぐまた行きたくなるだろうからな」

日本語学科

アンネマリーの会話の授業はちょっと疲れる。この先生、とにかくよく喋る。人の話を最後まで聞かない。人が話しているときでも平気で口を挟む。はじめの頃は負けじとこちらも声を大きくして話していたのだが、声の大きさでは勝てるはずもない。こういう人こそ口から生まれてきたのか、そうでなければ黙っていると死んでしまう人なのだろう。ちなみに身体の大きさも半端じゃない。この国で何を食べてりゃこんなに成長するのかと思うほどだ。近くで見れば大きいが、遠くから見ても十分大きい。挨拶をしようと思ったら、まだずいぶん離れたところにいたこともあった。要するに自然遠近法。大学で教えるよりも相撲部屋にでも行った方が大成しそうだ。

一応テキストはある。今日はモスクワへグループ旅行した際、様々な状況下で起こり得る会話なのだが、モスクワ旅行とはいかにも東ドイツ、ソ連の衛星国らしい。しかしいつも脱線する。旅行の話題ついでに、今まで行った国、街でどこが良かったかという話題になった。渉にはけっこうな難題だ。はじめての海外で、日本以外は東西両ドイツしか知らない。みんなの出身国だって、やっと最近になってどこにあるのかわかったようなものだ。

アンネマリーは喋り疲れたのか、椅子に腰を下ろし、ひと休みといったところ。持久力がないのがこの先生の唯一の取り柄。

「リトアニア」「ウクライナ」「エストニア」などという国が出てくるが、どこにあるかわからない。「中国」やっとわかる国が出た。

なぜか盛り上がったのが「チェコスロバキア」と「ハンガリー」。クラスの多くがうなずく。みんなずいぶんと旅行しているようだ。少なくとも渉よりは。

それぞれの首都、プラハとブダペストはいい街だという意見が多かった。

「渉はどう?」

「僕ははじめての海外でここに来たから……」

と言うと、ブルガリア出身のニーナが口を挟んできた。

「この前、西ベルリンへ行ったのよね」

悪気があったわけではないだろうがちょっと困った。

視線が渉に集まる。こんなとき渉はちょっとしたパニック状態になる。何かを言わなければならないのに、何を言えばいいのかわからない。少なくとも両替や雑誌没収、壁を向こうから見たことなどは言わない方がいいだろう。渉は腕をかまえた。そして声を上げた。

「アチョ～～！」

みんないっせいに笑いだした。困ったときはこれにかぎる。

「WATARUさん！」

驚いた。違和感があった。次の授業の教室へ行こうと中庭を歩いていると、いきなり日本語で話しかけられた。振り向くと男女3人がいる。もちろん日本人ではない。

「すみません失礼します。私、ハイケと申します」

それは美しい日本語だった。発音に全く不自然さがない、日本人の丁寧な日本語だった。

「ブリギットと申します」

「ダニエルです」

3人が握手を求めてきた。ダニエルだけは男で丸刈り頭。あまりにも突然だったので渉は驚いたままだ。

「はじめまして。私たち日本語学科の学生です」

ハイケが一番年上のようだ。

「日本語上手ですね」

やっと言葉を発した渉は、自分の日本語がおかしい気がしてならない。

「ええ、私たちは神奈川の大学に留学していました」

「今度改めてお会いできませんか？」

「他にも仲間がたくさんいるので、ぜひ日本の話をお聞かせいただきたいのですが」

ブリギットとダニエルの日本語も完璧だった。

断る理由は何もなかった。

寮でヤニスとプラクシーにはじめて会ったときも西の人に出会えた驚きがあったが、これはまた別の驚きだ。まさかこんなところで日本語で会話するなどとは思ってもみなかった。

そしてその違和感は以降もなくなることはなかった。


その日のハッケッシャーマルクトでの飲み会は、渉が行った西ベルリンの話題になった。

「いい服買ってきた？」

「食べ物は？」

「渉、お土産は？」

そうそう、思い出した。渉はカバンからチョコレートを取り出しテーブルに置いた。３個ある。

そのうち1個をパベルが取り上げウエイトレスに渡した。「この人からだよ」と渉を指差して。

ウエイトレスは派手に喜び、何度も投げキスをしてきた。

そしてカウンターに行き、すぐに小さなグラスビールを持って戻って来た。

「ほら渉、お前にだよ」

パベルはそう言っていたずらっぽく笑った。

このウエイトレスもたくましい。近くで見るとそびえ立つ岩石か大仏のようだ。

持っているときはやけに小さく見えたビールだが、テーブルに置かれたそれは500ミリリットルの大グラスだった。同じくテーブルの上にあるライサのタバコの箱でやっとわかった。

「あなただけにプレゼントよ」

ウエイトレスにウインクされた渉は背中に汗をかいた。（こ、怖い。食われちゃう……）


「タバコ買ってこなかったのか？」

首を横に振る渉にザハールは残念そうな顔をする。

「やっぱりお店がいっぱいで、いろいろなものがあるの？」

「ベンツやポルシェ見た？」

「アメリカ人も多いのよね？」

「ビールはここのよりおいしいでしょ？」

西へ行くことができないみんなに何をどこまで言ったらいいかわからない。渉は最後の質問だけに答えた。

「うん、でもチェコのビールの方がおいしいかな」

エレナがうれしそうな顔をするが、もらった缶ビールはまだ飲んでいない。

「雑誌を買ってきたら入国するときに没収されちゃった」

「お前、エロ本でも買ってきたんだろ」

シュナップスを飲みながらパベルも先日の寮でのヤニスたちと同じことを言う。

「また行くんでしょ」

間違いなくまた行く。それも近いうちに。その後も間違いなく、たびたび行く。でももうみんなには言わない方がいいかもしれない。

「そういえば今日、大学で日本語を話す学生に会ったんだ」

「日本語学科の？」

ジーナはその存在を知っているようだ。

「以前、わからない言葉で話しかけられたの。ドイツ語で訊き返すと日本語学科の学生だと言うから」

ソ連人だが両親がシベリアの少数民族出身のジーナは日本人に間違われたらしい。

「日本に留学してたって言ってた」

涉のひと言にみんな驚いたようだった。

「せっかく雑誌買ってきたのになぁ」

アレキサンダー広場の駅へ向かう途中、涉は再び口にした。

「仕方ないわ、大丈夫よ」

エレナはビールとシュナップスを何杯か飲んでいる。酔っている気配はないが、頬がちょっとだけ赤くなっているのがかわいらしい。

「西の雑誌はみんなのあこがれなの。こちらでは手に入らないから」

「禁じられているのかな？」

「きっとね」

「今度はちゃんと隠して持ってくるよ。ちゃんとした雑誌をね」

エレナは今日も長めのキスをしてくれた。

「先生、それは」

グリーンティーに砂糖を入れるブルックナーに涉は思わず声を上げた。

今日の個人レッスンはジャンダルメンマルクトのカフェでの雑談。ここにはフランス大聖堂とドイツ大聖堂、ふたつの同じような教会が建っている。どちらも煤《すす》に覆われたように黒光りしているが。

ブルックナーは何食わぬ顔で砂糖入りグリーンティーを飲みはじめる。そして「おいしい」と微笑む。いつ見ても顔が小さい。そしていつ見ても胸が大きい。

以前グリーンティーを注文して失敗した渉は、今日は普通の紅茶を飲んでいる。

「土曜日に西ベルリンへ行ってきました」

ブルックナーには話してもいいだろう。

「日本食おいしかったです」

笑顔で聞いてくれている。

「そう。他には何をしたの？」

「日本に電話しました。買い物もしました」

「こちらとはずいぶん違うでしょ」

どこまで言っていいかわからず、渉は黙ってうなずく。両替の話はしない方がいいだろう。

「先生、トラバントの排気ガスのせいかな？　帰ってくると空気が何かにおうんですよ」

「そうね。排気ガスだけじゃなくて冬は石炭を使うから」

「石炭？」

「そうよ、暖房に必要なの。身体には良くないわ」

暖房に石炭を使う？　だから以前にも増して空気が濁っているのか……。

「この国では、いい生活はできないわ」

ブルックナーはテレビなどで西側のことをもちろん知っているのだろう。

「先生は今まで行った国の中でどこが良かったですか？」

先日の授業と同じ話題をふってみた。

「キューバは少し遠いわ。近場ならやはりハンガリーやチェコスロバキアね」

授業でも同じ意見が多かった。渉はためらいながらもさらに訊いてみた。

「先生はもし自由に旅行できるなら、どこへ行ってみたいですか？」

「日本へはいつか行ってみたいわ」

ブルックナーは困った素振りなど見せずに言った。

「Kirschblüten《キルシュブリューテン》（桜）を見てみたいの。新幹線にも乗ってみたいわ」

さらに目を輝かせて。

「一度南フランスへ行きたいの」

遠くを見ながら言うブルックナーにとってそれは夢だった。追っても追ってもつかみきれない夢なのではないか。もしかなうとしてもそれは定年後。それでも外貨がなければ何もできない。お金がなければ行ったとしても何もできない。やはりかなうことのない夢なのだろう。

「いいわね、鳥は……」

いつかエレナが言った言葉をブルックナーも言う。窓の外を上目遣いで見ながら。

「この前、大学で日本語学科の学生に会いました」

ブルックナーは夢から覚め現実に引き戻されたようで、表情が苦々しくなった。

「日本語がうまくて驚きました。あの人たち日本に留学していたと言ってました」

「あの人たちは特別よ」


ブルックナーと別れ、渉ははじめて来たこの地域を少し歩いてみた。高層マンションが多い。住んでいる寮のような寂れた団地ではない。西側ほどではないが、明らかに他の建物より高級感があり、東らしくない。

位置としては壁が近い。国境警備兵が目につく。遠くに検問所が見える。

「チェックポイント・チャーリー」外国人専用の出入国審査場。車か徒歩で国境を通過する。もちろん東ドイツ人は近づくことはできない。

渉は遠くから見つめていた。

ザクセンハウゼン強制収容所と壁博物館

「こんにちは、久しぶり」

担任Dr.メーベスの助手、コリツキーから声をかけられた。助手といってもメーベスより年上だ。

「また西ベルリンに行くんですって?」

渉は今朝、ビザ取得に必要な担任のサインを求めにメーベスの部屋に行った。メーベスは無言で書面にサインした。快く思ってはいないようだったが。

「渉、この国にもまだまだ見るべきところはたくさんあるのよ」

「はい。でも博物館はほとんど行ったし、ポツダムにも連れていってもらったし」

「じゃあ他の街はどうかしら? ライプツィヒやドレスデンはいいところよ。ワイマールだって歴史的な街だし。東ヨーロッパにもいい国がたくさんあってね。もしポーランドやハンガリーに行きたいと言えば、メーベスも笑顔でサインしてくれるわ」

「はい、いつか行こうと思います」

やはりメーベスは渉が西ベルリンへ行くことには不快のようだ。

「ザクセンハウゼンも見ておくべきよ。ドイツ人は嫌がるけど」

「ザクセンハウゼン?」

ザクセンハウゼン強制収容所。東ベルリン郊外にある第二次世界大戦時のユダヤ人強制収容所跡のことだった。

「私の故郷ポーランドのアウシュヴィッツより小さいけど、一度行くといいわ」

コリツキーは父親がポーランド人、母親が東ドイツ人だという。どうりで名前がドイツ名ではないと思っていた。

ベルリンから電車で北へ1時間。オラニエンブルク駅から徒歩かバス。コリツキーは行き方まで教えてくれた。

渉は行きたいと思った。一度行ってみたかった。それはおかしな興味本位ではない。ヒトラーが、ナチスが、ドイツが、人類が犯した史上最大の犯罪の跡を、自分の目で確かめたかった。


雪の降る土曜日の朝、渉は1人で北へ向かっていた。1人で行きたかった。1人で行くべきだと思った。

窓の外は次第に荒廃が進み、人の気配が少なくなっていく。この国は首都である東ベルリンの中心しか都市らしくない。

昨日、警察でビザを取得したが、西ベルリンは明日。それよりもまずザクセンハウゼン強制収容所跡に行くことにした。今週末はエレナと一緒に過ごすことができないのが残念だが。

オラニエンブルクは電車の終点だった。駅を出ると表示に従い、歩きだす。バスもあるのだが、歩ける距離であれば歩いた方がいい。この国の公共交通機関はいつ来るのかわからない。臨時休業だってあり得る。タクシーだって、ないのも一緒。白タクならばあるかもしれないが……。雪は次第に強くなってきた。寒さは手足の指先がかじかむだけではない。耳が痛くなる、顔が痛くなる、そして頭が痛くなる。叩かれているような、引っ張られているような痛さだ。まるで空気が凶器になっているかのように。おそらくマイナス10℃を下回っているだろう。

途中通りがかった男の人に道を尋ねた。

「追悼館（Gedenkstätte）はどのように行けば？」

強制収容所（Konzentrationslager）という言葉は使わない方がいい、渉はコリツキーからの教えを守った。

「次の十字路を右へ。あとはずっとまっすぐ行けば突き当たりますよ」

親切に教えてくれた。

十字路を曲がるとそこは驚いたことに住宅街だった。収容所まで続く一本道の左右は一軒家が立ち並んでいる。もちろん住宅街そのものは戦後にできたものだろうが、何万人もの人々が虐殺されたすぐそこで、現代の人々が普通に生活していることが驚きだった。

ザクセンハウゼン強制収容所跡にたどり着いたとき、渉の指先はほとんど感覚がなかった。それよりも胸が苦しい。寒さを感じないわけではないが何よりも胸が苦しい。

突き当たりの建物はインフォメーションセンター。中に入ると指先の感覚は戻ってきたが、胸の苦しみはおさまるどころか激しくなっていった。

小さなカウンターがあり、年老いた女性がひとり椅子に腰掛けている。渉の他に訪問者はいない。この人はまるで、朝からこうしてただ時が過ぎるのを、そして閉館時間がくるのを待っているかのようだ。

「学生1人です」

渉は入場料を払おうとすると、

「入場は無料です」

笑顔はないが、ゆったりと優しい言葉遣いだった。お礼を言い、建物を出て収容所入り口に向かって行く。きっとユダヤ人たちも収容されたときにこの道を歩いたのだろう。

渉の前に鉄門が立ちはだかっている。

そこには「ARBEIT MACHT FREI」（働けば自由になる）と刻まれている。

いったい自由になった者が何人いたのか？　それよりも生きてこの門を出た者はいたのだろうか？

門の前で渉は立ち尽くしていた。わずかな間だったのかもしれないが、様々な思いが全身を巡った。

雪は降り続いているが寒さは感じない。指先の感覚はないが痛みは感じない。息が荒くなっているのがわかる。胸の苦しみで息が荒くなっている。

この門をくぐれば収容所なのだが、渉の足はなかなか歩を出せずにいた。勇気がなかったわけではない。おじけづいたわけでもない。ここまで来て帰りたくなったわけでもない。ただ一歩を踏み出せずにいた。誰かに押されなければ進むことができない。腕をつかまれ収容されるまでは永遠とこの場に立ち尽くしてしまうような気さえした。

ただの鉄の門ではあるが、それは未来と過去、現実と非現実、支配者と奴隷、英雄と悪漢、生と死、希望と絶望、天国と地獄……。この世の、そしてこの世以外の、あらゆる正反対のものを分ける境界だった。

やがて渉は正反対の世界へ進んで行った。自分でもわからぬまま、多くの囚人に迎えられるように。

こんなたった一枚の門で隔てられるのならば、正反対のものなど存在しないのかもしれない。正反対だと思っているものは、実はすぐそこで相まみえているのかもしれない。

渉の目に飛び込んできたのは美しい敷地だった。四方を壁で囲まれ雪に覆われた広大な敷地だった。

渉はまたも立ち尽くしている。

渉にははっきり見える。雪の中、粗末な服装で整列させられる多くの囚人たちが。

寒さに耐えられず倒れる者がいる。

四隅にある監視塔には肩からライフルを下げた看守がいる。

寒さは感じなかった。胸の苦しみだけが全身が麻痺しているわけではないことを教えていた。

翌日の日曜日、渉は西ベルリンの壁博物館を訪れた。

今日はいつものフリードリヒ通り駅の検問所ではなく、チェックポイント・チャーリーを歩いて越境した。ほんのわずかな距離を歩いて50年の時差を超えてきた。

これまでのように驚くことはなかったが、やはりすべてがまぶしい。東側の高層マンションがすぐにみすぼらしく思えてくる。

なぜか西ベルリンは晴れている。東ベルリンは灰色の空だったのに。

チェックポイント・チャーリーを越えてすぐにあるこの博物館は観光客で混み合っている。そこには驚くべきものが展示されている。銃弾を浴びながら検問所を突破した改造車、人が隠れたスーツケース、空から壁を越えた気球やパラグライダー。

いずれも予行練習などできない、すべてがぶっつけ本番。成功すれば自由の身だが、失敗すれば射殺か、よくても刑務所。いずれにしても一世一代の大勝負。

実物以外にもパネル写真がところ狭しと展示されている。壁を下から越えようとトンネルを掘り大量に亡命したもの。チェックポイント・チャーリーを走って超えようとし射殺された若者。緩衝地帯で銃撃され負傷した者も。壁ができた当初のものだろう、焼身自殺して抗議をした者や1953年の暴動の写真もある。

中でも渉の目を引いたのはハーフェル川に架けられた橋の写真。「グリーニッカー橋」。この冷戦下、スパイ合戦を繰り広げている東西ドイツ。西ドイツに潜伏し捕らえられた東ドイツ人スパイと、東ドイツに潜伏し捕らえられた西ドイツ人スパイが同時に解放され母国に戻る捕虜交換の橋。昔の話ではない。まるで映画さながらの場面が、ポツダムと西ベルリンを結ぶ橋の上で今日でも行われている。以前行ったツェツィーリエンホーフ宮殿のすぐ近くにあるこの橋の上で。

西ならではの博物館。自由である西だからこそ存在する博物館。

国民の流出を防ぎ自由を奪う「ベルリンの壁」。その存在が世界の民主国家から非難を受けている壁についての博物館など東にはあり得ない。

2階からはチェックポイント・チャーリーがすぐそこに見下ろせる。巨大な鏡で車の底を調べている。フリードリヒ通り駅で若い警備兵が線路に仰向けになって電車の底をチェックしていたのと同じだ。

渉はその様子を見ていた。

いったい何のために？　もちろん独裁政権維持のためではあるが……。

ただ単に西の人々は幸運で、東の人々は不運なだけなのか？

胸が苦しくなってきた。渉には昨日の風景と重なって見える。そう、ザクセンハウゼン強制収容所と。銃殺所も死体焼却炉もそのまま残っていた。高圧電流が流れていた有刺鉄線も張り巡らされたまま。人体実験が行われた手術台を見ながらガス室を歩いた。

資料館には囚人服、ナチス看守の制服、当時の写真も展示され説明書きもあった。

虐殺されたのはユダヤ人だけではなかった。

ユダヤ人を愛してしまったドイツ人。

ナチスに批判的な者、批判的だと思われた者、批判的だとでっち上げられた者。

共産主義者。ロマ、いわゆるジプシー。同性愛者。身障者。

男も女も、大人も子供も容赦なかった。

絶望感に包まれ生気のないさまよう屍を渉はいくつも目にした。

あらゆる方向から届くうめき声を何度も耳にした。

今すぐそこに見えるベルリンの壁が、あの鉄門に見えてくる。

国境警備兵が看守に見えてくる。

戦後40年以上が経つのに、東側ではまだ戦争が続いているかのようだ。

人権が無視され、自由を奪われ、不自由を強制されている。

自由を得たいのなら命を懸けて壁を越えなければならない。

もちろんガス室で殺されることも人体実験が行われることもない。

ただし、西ドイツと東ドイツの差は、50年もある経済だけではない。


通りがかりのカフェに入った。渉にとって気分を落ち着かせるにはおいしいビールが一番。

今日はまだまだやりたいこと、やらなければいけないことがある。日本食を食べ、理美に電話をし、両替もし、買い物は最後。そう、今日こそはエレナへの雑誌密輸を成功させる。

理美がやって来るときに泊まるホテルもある程度決めておきたかった。お互い学生だ、高級ホテルなどには泊まれない。かといってユースのようなところは気が引ける。

理美と東ベルリンで丸々過ごすのは現実的ではない。ビザを得るには中華料理レストランのあるパラストホテルのような高級ホテルの予約が必要で高額な費用がかかる。見どころも多く、不自由のない西ベルリンで過ごすのが妥当だろう。もし理美が望むなら1日だけ渉の暮らす東ベルリンを案内することもできる。ペルガモン博物館で観光客に教えてもらった「1日ビザ」を国境で取得して。

日本食インビス「宇田川」で今日はサーモン定食。いわゆる鮭定食。焼いたサーモンにサラダが少し添えられている。それにご飯と味噌汁、漬物。ビールを飲みながら実に贅沢な昼食。今日はかき込むこともなく、むせもしない。落ち着いて味わっている。旦那さんが調理し、奥さんが接客。中年の日本人夫婦がやっている小さな店。この前も来たことをおぼえていたのか、親しげに話しかけられた。

「お兄さん、学生さん？」

日本人の日本語は実に心地いい。

「はい、壁の向こうで学生しています。フンボルト大学で」

「えっ⁉　珍しいわね」

何とも答えようがない。今度は渉が訊いてみた。

「このサーモンおいしいです。どこで捕れたものですか？」

「ノルウェー産よ」

ついでにもうひとつ気になっていたことを訊いてみた。

「このお米は？」

渉が寮の近くの小さなスーパーで買う米とは全く違う。長っ細くなどなく、日本の米同様丸くておいしい。もちろん渉のように鍋ではなく、ちゃんと炊飯器で炊いていることもおいしさの理由ではあるのだろうが。

「それはね、品種改良して作った日本米そっくりな米の苗を、イタリアで育てたお米なの」

「へ～ぇ、そんな米があるんですか」

「イタリアはリゾットなんかがあって、もともとお米を食べる国なの。温暖だし、いい米どころがあるのよ」

うなずく渉に奥さんは続けた。

「お米の名前がね、イタリアで育てた日本米そっくりなお米の名前がね」

一瞬、間があいた。

「イタひかり！」

噴き出しそうになった渉に、奥さんは調理場から米の袋を持って来て見せた。

『伊太光』

「ほ、本当だ……」

「うん、2月の末からは休みだから」

「そう、じゃあ、その頃に行くわ」

それにしても声が近い。国際電話の気がしない。理美とすぐそこで話しているようだ。

「でも合わせるよ、こっちは少しくらい休んだって問題ないから」

「ダメよ、ちゃんとやらないと」

「うん、何かやりたいことや行きたいところはある？」

「考えておくわ。でも一緒に過ごせればいいの」

「東ドイツに行くにはビザが必要なんだ。1日だけなら国境で取るビザで何とかなるけど、行ってみる？」

「ええ、ぜひ」

「日にちが決まったら早めに教えてくれるかな。こっちも西ベルリンに迎えに行くにはビザが要るから」

郵便局を出た渉を混乱させているのがビザだ。何回でも行き来できる数次用のビザを取得できれば何の問題もないが、国際課では1回きりの一次用しか申請できないと言われてしまった。

ヨーロッパで乗り継いでやって来るという理美を西ベルリン・テーゲル空港に迎えに行くのにまずビザが要る。今回も取得した東ドイツ出国・再入国ビザを。そのまま2人で西ベルリンで過ごすならいいが、渉の暮らす東ベルリンを案内するとなると面倒だ。理美は国境で「1日ビザ」を得れば東ベルリンに24時間滞在できる。しかし渉のビザは理美と東ドイツに入国した時点で効力をなくす。24時間の滞在後、2人でまた西ベルリンに戻り理美をテーゲル空港で見送るには新たな出国・再入国ビザが必要になる。警察で同時に2つのビザを取得することはできない。1つのビザが失効してはじめて新たなビザを取得できる。ということは理美と東ベルリンに滞在している24時間内にビザを取得しなければならない。まぁできないことではないだろう。警察のビザ発給部署は平日夕方までやっている。どっちみち嫌な顔をされるだろうが。

問題は申請書。担任のメーベス、そして国際課を通じ、警察へのビザ申請書を前もってもらっておかなければならない。メーベスにも嫌な顔をされる。

ビザ。なんでこんなややっこしいシステムがあるのか……。

ツォー駅のインフォメーションで訊くと、駅周辺はヒルトンやインターコンチネンタルなど高級ホテルが多いが、少し離れたリュッツォウプラッツ周辺には小さな比較的手頃なホテルがいくつかあるという。

西ベルリンの中央通りである通称「クーダム」を東に向かっている。繁華街はとてもにぎやかで、東にはあり得ない街並みが続く。ブティック、レストラン、スーパー、デパートまである。さらに進んで行くと車の往来は相変わらずだが、店の数が少なくなり緑が多くなる。そして確かに小さなホテルが点在している。

涉は最初に目についた「APOLLO」というホテルに入ってみた。小さいが掃除が行き届いている。フロントの若い女の人が笑顔で迎えてくれた。

「すみません。後日泊まろうと思うのですが、2人部屋は1泊いくらですか？」

「時期にもよりますが、今の季節なら朝食込みで60マルクくらいからあります」

「予約した方がいいですか？」

「ええ。ただし満室になるようなことはまずないと思います」

空港からはバスで一本。電車の駅にも主な観光地にも近い。レストランも徒歩圏にいくつもある。

最後に部屋を見せてくれた。大きくはないがきれいでバスタブもある。さすが西。理美もきっと気に入ってくれるだろう。

涉がお礼を言うと、また笑顔を返してくれた。

今日もよく歩いている。でも苦にはならない。華やかな街並みを見ているからか、東ベルリンを歩いているときとはなぜか疲れ方が違う。

肉とイモは腹持ちがいい、というより胃が重くなる。それに比べ日本食は身体にも胃にも優しく、すぐにまたお腹がすいてしまう。涉は以前通りがかったときから気になっていた韓国料理店に入ってみた。店の名は「ソウル」。ここも小ぢんまりとしたレストラン。宇田川の醤油のにおいとは違う、ニンニクの混ざった韓国料理独特のにおいがした。

「アンニョンハセヨ！」

店員のおばちゃんからいきなり韓国語で話しかけられた渉は笑いながらドイツ語で言った。

「こんにちは、日本人です」

おばちゃんも笑顔になり、今度は日本語になった。

「いらっしゃい、どうぞ」

少し韓国語訛りで声が大きい。

おばちゃんは注文したビールと一緒に、キムチなどの入った小皿をいくつか持ってきた。

「これはパンチャンといってね、おかず。サービスだから、足りなくなったらまたあげるからね」

おばちゃんはかなり歳をとっている。髪にはパーマが、失敗したのではと思うほどのちりちりパーマがかかっている。

メインのビビンバを堪能する渉を笑顔で見ている。

「お兄ちゃん、おいしそうに食べるね」

「はい、おいしいです」

「あたしゃ、もう20年もここでやっているのよ。日本人はよく来てくれるのよ。あとはもちろん韓国人ね。でも地元のドイツ人はあまり来ないのよ」

妙に目立つピンク色のシャツ、そして口紅がこれまた妙に赤い。

「ドイツ人は辛いのが苦手みたいでね」

わかるような気がする。ドイツ料理はけっこうしょっぱい。塩が効いている。塩やコショウはあるが、唐辛子のような香辛料は見かけたことがない。これも食文化の違いだろう。

「日本語上手ですね」

「あたしくらいの歳の者はみんな話すのよ」

おばちゃんは笑顔を絶やさない。ちりちりパーマ、ピンクのシャツ、真っ赤な唇、どれも迫力がある。

「お兄ちゃん、観光客と違うね。ベルリンに住んでいるの?」

会計時におばちゃんが訊いてきたので渉はうなずいた。

「またおいで、休みなくやっているから」

身体も心もポカポカになり店を出た。


ツォー駅のスーパーで今回は自分のためにと意気込んでバナナをひと房。他には大きめのトマトとチョコレート数個、グミも買ってみた。ドイツにはグミが多い、それも色とりどりの。スーパーボールのようにカラフルで身体にいいとは思えないが、西のものならきっと誰かが欲しがるだろう。そしてレジ袋を3つ買った。売店でエレナへの雑誌を2冊買い、着ているシャツの下に隠した。電話も列車も不自由がない。ここは完全に西ドイツの一部、陸の孤島だと感じることは全くない。

今朝はチェックポイント・チャーリーから西ベルリンにやって来たが、帰りはいつものフリードリヒ通り駅の検問所から東ベルリンへ戻ろうと電車に乗った。行きは歩いて、帰りは電車で。いずれもほんのわずかな時間で50年の時差を移動する。車内には買い出しを終え、東に戻る老人が何人もいる。西へ向かうときとは反対で、東に戻るときは気分が落ち込んでくるのだが、渉はまた行くことができる。しかも次回は理美と会うときだ。それまでは灰色の街で辛抱しよう。

入国審査を終え、手荷物検査台のある税関を通るときはやはり少しだけ緊張する。今日も靴下の中には両替した100西ドイツマルク分の東ドイツマルク。シャツの中にはエレナへの雑誌。いずれも違法行為、見つかれば没収されるだけでは済まないかもしれない。多くの人は素通りで何の検査もない。渉もできるだけ平静を保とうとする。それが不自然なのだろうか、今日も係官から呼び止められた。この男、前に会った気がする。そういえば……、最初の入国時に「スーツケースを開けろ!」と言った係官だ。

あのときスーツケースを物色し、タバコがないのを悔しがり、財布から5西ドイツマルクコイン2枚を盗んだやつだ。

「それを見せろ！」

渉の持つスーパーの袋を指差す。こいつはあれからも笑ったことがないようだ。きっと前回笑ったのは小学校2年生の夏休みくらいか？

「タバコはないよ」

先走って言った渉を睨んだ。袋の中はさっきスーパーで買ったものがそのまま入っているだけだ。

「こっちへ来い！」

よほど怒らせてしまったのか、渉は別室に連れていかれた。取調室のような個室に。

「パスポート！」

ページをめくりながらしばらくパスポートを見ていた係官は、顔を上げるとまた袋を指差し、

「お前、この中に何か隠しているだろう！」

そんなわけない。だったら調べればいいだろうと、袋を逆さまにして中の物をすべて机の上に出した。

「違う、この中にだ！」

何を考えているのか、係官はバナナを指差している。するとポケットからアーミーナイフを取り出し、いきなりバナナ1本を切りだした。

「おい、何するんだ！」

と言ったときにはすでにバナナは4等分されていた。続いてもう1本、さらにもう1本と。あ然としている渉をよそに、係官は今度はトマトを切りだした。まるで調理でもするかのように。

「よし、いいだろう」

いいも何もない、これではもう持って帰って食べることはできない、どうすることもできない。渉は刻まれたバナナとトマトをそのままに、係官を睨みながら部屋を出た。すると係官がほんの一瞬笑ったような気がした。

あぁバナナが……。

係官はバナナとトマトをかき集めて後で食べるのだろうか？　もしかしたら家に持ち帰り子供に与えるのだろうか？

仕方ない。チョコレートとグミ、違法に持ち込んだ東ドイツマルクと雑誌は無事だ。良しとしなければ。

おかしな国だ。我々の常識など通用しない。非常識が常識になっている。何が常識で何が非常識、そんなことを考えること自体が無意味なのだろう、この東ドイツでは。

入国後、寮の最寄り駅シュトルコバー通り駅へ向かう電車内では渉の持つ袋に視線が集まった。若い女の人が近づいてきた。

「その袋をゆずっていただけませんか」

今日は袋を3つ買ったので、使っているものの他にまだ2つある。渉が使っていない1つを手渡すと、笑顔になり財布からお金を出そうとする。渉は首を横に振り手で制した。

電車を降り、寮へ歩いている途中にも中年の男の人から頼まれたので1つ渡した。このようなカラフルな袋は東では手に入らない。西の物にあこがれている東の人にとってはこんな袋でも貴重なのだろう。この袋をマイバッグとして持ち歩くことがファッションのような、ある種のステータスシンボルのようなものなのだろう。

日本では考えられないことなのだが、それがこの国、東ドイツ。おかしな国だ。


マウアーの討論の授業は相変わらず共産主義を叩き込まれるような授業だ。思いもしないことを、考えもしないことを討論しろと言われても気がすすまない。というより、できるわけがない。それでも何かを言わなければ取り残されてしまうから、より疲れる。

今日は東ドイツ経済の安定についての討論。

安定は確かにある。でもそれは低次元の安定だ。でなければ西にあこがれる者などいないはず。西ドイツとの経済格差がこれほどになるわけがない。西を知っている者にとってはそんなことは明らかだ。もちろん西のことを知らない者などいない、誰もが少なからず知っている。テレビやラジオ、定年になり西へ行くことができるようになった高齢者や、東を訪れる西の人から情報は常に入ってくる。

しかしここでマウアーに逆らってもいいことなどない。渉には当たり障りのないことを言うしか手段がない。

「ここ東ドイツに来て驚いたのはホームレスがいないことです」

渉の意見に「たまにはまともなことを言う」とでも言わんばかり、マウアーは大きくうなずく。

「その通りです。わが国では誰もが仕事をしているのです。西側は失業者が多く、街は失業者であふれています。そのような者がわが国に入って来ないように、安定維持のためにも壁は必要なのです」

ずいぶんと言ってくれる。いくらホームレスだってこんな国に来ようとする者はいないだろう。

ただし東ドイツをはじめ、多くの共産主義国が自慢げに言う「全員雇用制」は嘘ではない。事実ではあるが、もちろんこれには裏がある。「全員雇用制」という大義名分のために、1人でできる仕事を何人もでやっているだけだ。

郵便局のカウンターはいくつもあり、その数だけスタッフもいるが、働いているのは1人だけ。他はみんな「休憩中」。

工事現場でも1人が働いて他はみんな「休憩中」、見ているだけだ。いつになっても工事は終わらない。

スーパーの店員も働くことよりお喋りに忙しい。

レストランも常に「予約でいっぱい」で、客より従業員の人数の方が多い。

それでも国営だから潰れない。国民全員が国家公務員。これは東ドイツ人が悪いのではなく、システムの問題。いつかヤニスが言っていた通りだ。

授業の最後の方で週末はどのように過ごしたのかを訊かれたので、日曜日ではなく土曜日のことを言った。

「ザクセンハウゼンに行きました」

マウアーの顔が険しくなる。そしてポケットからハンカチを出し、大きな音を立てて鼻をかんだ。こちらでは一般の人もなぜか大きな音を出して鼻をかむ。その音にも、ハンカチでかむことにも最初はずいぶんと驚かされた。ただしマウアーの鼻をかむ音は誰よりも大きい。特に機嫌が悪くなったときには。

ザクセンハウゼンが何なのか、みんなわからないようで不思議そうな顔をするので渉はつけ加えた。

「強制収容所だったところだよ」

「どうだった?」

ライサの問いに、

「怖かったけど、行って良かったと思う」

「渉……」

マウアーが口を挟んだ。

「あれはヒトラーがやったことです。ヒトラーはドイツ人ではありません」

確かにヒトラーはドイツ人ではない。オーストリア生まれのオーストリア育ち。第一次世界大戦で国籍を捨てドイツ軍に参加し、その後、ドイツ労働党に入り、ナチ党と改め総統にまでなるが、生粋のオーストリア人だ。第二次世界大戦では母国を併合する。ユダヤ人説もあるがこれは公には認められていない。

マウアーが続ける。

「戦争の終結によって我々ドイツ人は、オーストリア人であるヒトラー率いるナチスから解放されたのです」

かなり強引な意見だ。ヒトラーはオーストリア人であることは確かだが、だからといってナチス犯罪にドイツ人は一切関与していないわけではないだろう。

渉は沈黙を保ったが怒りがこみ上げてくるのがわかった。

すると韓国4人組の1人、パクが大声で言った。

「お前ら日本人も同じことをしたんだよ！」

他の3人も鋭い視線を渉に向けている。

WATARU先生!?

「WATARUさん!」

授業が終わり校舎から出たところで、いきなりの日本語に振り向いた。そこにはあのときと同様に日本語学科の3人がいた。

「お忙しいですか?　これからお時間はありませんか?」

ハイケが何の訛りもないきれいな日本語で訊く。

渉はエレナと一緒だった。週末は2日間とも会えなかったので、カフェにでも行こうとしていたところだった。

「今日はちょっと予定があるんだ」

「そうですか。いつなら大丈夫でしょうか?」

明日はブルックナーの個人レッスン。

「あさってなら空いていますよ」

「そうですか。授業の後でぜひお時間をください」

「はい、でも何を?」

「私たちに日本語を教えていただきたいのです」

ブリギットの言葉に渉は戸惑った。ここで先生めいたことをやるなど渉にはできない。

「心配しないでください。難しいことはありません。日本語だけでなく、他にも日本のいろいろなことをお尋ねしたいのです」

戸惑ったままの渉に今度はダニエルが言う。

「日本語学科の他の学生も来ます。まだ日本に行ったことのない者が多いので、ぜひお願いします」

断りきれなかった。断る理由が思い浮かばなかった。

「あさっての授業の後、中庭でお待ちしています」

日本語がわからないエレナは、そのやり取りを黙って見ていた。


大学を出て渉とエレナがアレキサンダー広場に向かおうと聖マリエン教会を通りかかったときだった。警官が多い。パトカーが何台も停まっている。教会に誰か立てこもっているのだろうか？　パトカーがまたやって来た。パトカーといってもトラバントのパトカーなので迫力に欠けるが……。

四方から怒鳴り声が上がる。

「教会を汚すな！」

「神を敬え！」

警官に対する罵声のようだ。渉のすぐそばの男も声を上げた。

「早く去れ！」

意外だった。自由のないこの国では国家権力は強い。それは日本の比ではない、絶対的だ。逆らおうものなら容赦なく逮捕され処罰される。たとえ罪を犯さなくとも批判をするだけでも、批判することが犯罪になる国だ。そんな国の行政機関である警察に向かって国民が声を上げている。

「何が起こっているのですか？」

「あいつらがまたやってんだよ」

渉の問いに横の男が舌を鳴らして答えた。


「どれがいいかわからなかったけど」

騒ぎで少し遠回りをしてたどり着いたカフェで、渉はエレナに2冊の雑誌を渡した。

「わぁーっ！」

エレナは子供のように目を丸くして手にした雑誌のページをめくった。そして腰を上げ渉の頬にキスをした。頬にされたのは久しぶりだ。

「これも」

と言って差し出したグミにさらに目を丸くさせた。

「ハリボー！」

そして今度は反対の頬にキスをした。頬にされるとなぜか恥ずかしい……。

「どうだったの、西ベルリンは？」

「ちょっと飲んで食べて、買い物もちょっとだけしてきた」

壁博物館のことは言わなかった。理美に電話したことも。

「やっぱり向こうは素敵な服がいっぱいあるんでしょ」

「うん、でもいいものは高いよ。普通のものはこちらと変わらないよ」

それが半分嘘であることをエレナはどこまでわかっているのだろうか？

でも半分は本当だ。というのもエレナの着ている服は東らしくない。コートを脱いだエレナはアイボリーのハイネックセーターにグレーのスカート姿。そのまま西へ行っても東の者だとはわからないだろう。

「スーパーは品物であふれているのよね」

涉は黙ってうなずく。

「そういえば……」

あの係官のことを思い出した。

「せっかく買ったのに、帰りの国境でバナナとトマトを切り刻まれたんだ」

エレナの顔が少しだけ寂しそうになる。

「でもいいんだ。今回はこうして雑誌を持ってこれたし」

エレナはまだ寂しそうな顔をしている。

「しょうがないわね」


「さっきの人たちは日本語学科の人?」

「うん。日本語を教えてほしいと頼まれた」

エレナは何も言わなかったが戸惑っているようだった。

「春休みは家に帰るの?」

「そうね、そのつもりよ」

エレナの母国チェコスロバキアは列車で行ける隣国だ。両親もエレナのことを待っているのだろう。

理美が日本からやって来て、東ベルリンにも来るとしてもその滞在は24時間以内。「1日ビザ」の有効時間だ。エレナと顔を合わせることはないだろうが、エレナが帰っているなら絶対にない。

「また西ベルリンへ行くの?」

渉の胸の内を見透かしたようにエレナが訊いた。次回は理美を迎えるとき。

「うん、でもメーベスがあまりいい顔をしないんだ」

コリツキーが言ったことを思い出して訊いてみた。

「エレナ、この国にいい街はあるかな？　一緒に訪ねるのにいい街が」

エレナの目がグミをあげたときのように丸くなった。

「ドレスデン！」


ヴァルザー先生の発音の授業が終わって中庭に行ってみると、ハイケとダニエルはもうそこにいた。ブリギットはいないが、その代わり渉と同い年くらいの女の人がいた。

「はじめまして、フローラと申します」

本館の教室でみんなが待っているというので4人そろって向かった。いきなり教壇に立たされるのだろうか？　人に物事を教えたことなどない、この大学で一番のバカを争っている自分に何を教えろというのか？　渉はおとといから大きくなるばかりの不安を抱え、教室に入った。

10人ほどの男女が待ち構えていた。ブリギットもいる。ハイケが日本語で渉を紹介すると拍手が起こった。そして1人1人が自己紹介をはじめたのだが、誰もが美しい日本語を話す。外国人の日本語ではない、日本人が話す日本語だ。しかも丁寧な。果たしてこの人たちは日本語以外の言葉を話すことができるのだろうか、ドイツ語はきちんと話すことができるのか疑いたくなるほど流暢な日本語だった。

「宮沢賢治が好きです」

「三島由紀夫の『金閣寺』に感動しました」

涉は宮沢賢治も三島由紀夫も読んだことがない。

「日本留学を夢見て勉学に励んでいます」

ダニエルが先日言ったように、これから日本へ行く者は必死なのだろう。一般の人には決して行くことができない西へ、しかも遠い日本へ、彼らにとっては夢である日本へ行くことができるのだから。

人数が少ないこともあってか、幸いにも教壇に立つことはなかった。教室の中央付近、適当なところに好きなように席を取り、質問されるがままいろいろな話をした。すべて日本語だった。それが異様でたまらなかった。日本から遠く離れた、壁に閉ざされたこの国で、この国の学生と日本語で会話をしている。日本人は渉だけなのに。しかも渉は先生役。この国にやって来て驚くことばかりだが、いったいどうなってしまったのだろう?

小中高と国語の授業はあったものの、渉は日本語についてきちんと考えたことなどない。もちろん書くことにも、読むことにも、話すことにも不自由を感じたことはないが、相次ぐ質問の中には渉にもわからないことがいくつもあった。

「なぜ『顔に泥を塗る』というのですか?」

「『耳にタコができる』ってどういう意味ですか?」

「『お札を裸のまま出す』っておかしな言い方ですね」

すでに留学経験のあるハイケ、ブリギット、ダニエルの3人は笑っている。ときどき助け舟を出してくれるが、「なぜ?」と訊かれても困ってしまうのは一緒だろう。

言葉だけではない。話が日本の伝統芸能に及んだときはお手上げだった。歌舞伎や能に関する知識など持ち合わせていない。

それでも日本食の話は大いに盛り上がった。渉にも興味があり何の苦もない話題だった。焼き鳥やカレーライス、天丼にカツ丼、すき焼き、寿司、天ぷら、ラーメン。楽しかったがお腹の空く話題だった。

90分がすぐだった。文字通りあっという間に過ぎた。疲れはあったが嫌な疲れではなかった。少なくともマウアーの授業後の疲れとは違っていた。

最後にみんなが握手を求めてきた。ただ母国語である日本語を話しただけなのに、ちょっとしたスター気分だ。

「WATARUさん。もしできればこれから週に一度か二度、こうやって私たちに教えていただけませんか?」

また断る理由が思い浮かばない。うなずく渉にハイケは笑顔で言った。

「また連絡しますね」

みんな喜ぶのだから、まぁいいか……。でもちょっと忙しくなる。ブルックナーの個人レッスンも、エレナとのデートもあるし……。

春休みが近づき、寮は閑散としてきた。近隣諸国の学生は親元に帰ったのだろう。ヨーロッパ人の家族愛は、日本人から見れば想像できないほど強い。

さっきレクリエーションルームをのぞいたが誰もいなかった。ヤニスとプラクシーはまたスキーにでも行ったのだろうか。

久しぶりフランクフルター通りのバーに行った。クリスマス以来になる。あのときよりは空いている。

バーテンダーは渉を見ると握手を求めてきた。前回訊いていなかったが名前は「パウル」だという。注文していないのにビールを持ってきてくれた。渉はエレナにあげたのと同じグミを手渡すとたちまち笑顔になった。そして今度はショットグラスにシュナップスを注いでくれた。

「大学はうまくいっているか？」

「うん、いろいろと大変だけど」

「何を専攻しているんだ？」

こんなときにヤニスやプラクシーのように建築学とか医学などと言えばカッコいいのだが、カッコつける必要もない。変にカッコつけるとボロが出るのがいつもの渉だ。

「今は語学コースでドイツ語をマスターして、それから考えるんだ」

パウルはうなずいて自分にもシュナップスを注いだ。

「プロウスト！」

そういえば前回はパウルに勧められるまま飲んでずいぶんと酔っぱらった。

「実は大学で日本語を教えることになった」

パウルは不思議そうな顔をする。

「日本語学科の学生に日本語を教えるんだ」

「日本語学科？」

「みんな日本語がうまくてね。在学中に日本に留学するらしい」

パウルの顔が険しくなった。

「そいつらシュタージじゃねえか？」

「シュタージ？」

パウルは今日もシュナップスを何杯も注いでくれた。同じだけ飲んだのだからパウルもかなり酔っているだろう。

「グミをありがとう。また飲もう！」

別れ際の握手は前にも増して強かった。


渉は担任のメーベスの部屋をノックした。

昨日届いた理美からの手紙には日程が記されていた。ロンドン経由で空路西ベルリンに入り、5泊して帰国するというもの。渉に会うための、ベルリンだけの旅行だという。理美は渉と違って海外ははじめてではない。幼い頃から家族旅行をしているという。ただし一人旅は今回がはじめてで、ドイツもはじめてとのこと。でも理美は英語を話すことができる。ドイツ語も少しは。乗り継ぎも問題ないだろう。渉は簡単に予定を立てた。まず西ベルリンに2泊か3泊する。そして一緒に東ベルリンに来て1日滞在。その日は渉がビザを申請する警察の部署がやっている、平日でなければならない。そして理美の1日ビザが切れる前に西ベルリンへ戻り帰国まで過ごす。

手紙はまたも開封された跡があった。特に最近は開封の跡がはっきりと残っている。いったい誰が何のために？　別に見られて困ることなどないのだが、のぞかれたり干渉されることにいい気分はしない。こんなことをしてどうしようというのか？

メーベスにはビザ申請のための書面を3枚提出した。3回分の出国・再入国ビザを得るために。1つ目は理美を迎えに西ベルリンへ行くために。そして一緒にこの国に来て1日過ごした後、西ベルリンへ戻り帰国まで過ごすのに2つ目。ここまでは予定通り。実は3つ目は理美が帰国した後もしばらく続く春休み中に一人旅をしようと思っている。そう、東ヨーロッパのどこかの国へ。というのも昨日、東ドイツ国営航空の事務所を訪ねたとき、渉のような外国人でも「東ドイツ滞在許可証」を所持していれば、航空券を東ドイツマルクで購入できることがわかったのだ。ベルリンから東ヨーロッパのほとんどの国へ往復250東ドイツマルクもあれば購入できるという。この国が言い張る正式レートでは2万円なのだが、西ベルリンで両替して持ち込む通称「闇両替レート」ではわずか2500円ほど。この機会に行かない手はないだろう。メーベスの助手コリツキーも東ヨーロッパの国へ行くのならば少しは快くサインしてくれると言っていた。

しかしメーベスは眉間にしわを寄せながら3枚の書面に目を通している。渉が理由として記したのは、1枚目は父親の具合が悪いので家族に連絡を取るため西ベルリンへ行く。2枚目は仕事で西ベルリンにやって来る親戚に会うため。3枚目はチェコスロバキアへ行くため。メーベスは時間をかけ読んでいるが、そんなのはあくまでも建前。どうせ取得できるのは今までと同じ1週間有効の出国・再入国ビザだから。

「渉、連絡を取るだけなら、ここからでもできるでしょう」

1枚目を指差しながらメーベスが言う。そんなことはない、何度電話してもこの国から日本へはつながらない。ブルックナーだってそう言っていた。

「それに……」

メーベスは渉を見つめながら続けた。

「あなたのお父様はもう亡くなっているのではなかった？」

「えっ！」

渉はあせった。そういえば、以前同じようにビザを取得するためにそんなことを言ったかもしれない。「父親が死んだばかりで、母親が心配なので早急に連絡を取りたい」などというような出まかせを。

汗が出てきた。ちょっとしたパニック状態になった。何かを言わなければならないのに、何を言ったらいいのかわからない。

腕をかまえて「アチョ～～！」それは今はまずい！

どうしよう、何かを言わなくては。

「以前死んだのは僕のではなく、あれは兄の父親で……」

自分でも何を言っているのかわからない。

メーベスはため息をついた。

「渉。あなたは学生よ、旅行者じゃないのよ」

そう言うと3枚にサインしてくれた。

それを国際課に提出。いよいよ理美に会うことができる。

理美の手紙の最後には牡蠣《かき》鍋がおいしい季節だと書いてあった。宇田川に行くようになってから食べ物の話題にも嫉妬しなくなった。1マルク米定食ばかり食べていた頃よりは。


どこかへ行ったと思っていたヤニスとプラクシーがレクリエーションルームにいたので部屋からグミを持ってきた。今日もやはりガールフレンドが2人。またもやこれまでとは違うガールフレンド。もうどうでもいいことだが……。2人はさっそくうれしそうにグミを食べはじめる。2人とも今までの人より少し大人びている。

「フンボルトの学生？」

2人ともグミを食べながら首を横に振る。

「ちょっとそこで知り合ったんだ」

そこってどこだよ、と思ったが訊くだけムダだ。

「ヤニスもプラクシーもいつもモテるなぁ」

渉はストレートに言ったが、悪びれた様子も隠す様子もない。

「渉、お前もだよ」

「西の者と付き合えば、こうして西の物を食べることができるからな」

2人はグミを食べ続けている。

「俺たち学生でなくても、西の者ならこっちじゃ誰でもモテるんだよ。じじいでも、デブでもハゲでも」

「遊ぶためだけにわざわざビザを取ってこっちに来るやつもいるよ、女遊びのためにな」

「結婚でもチラつかせりゃイチコロさ」

ヤニスとプラクシーは2人のガールフレンドを気にせず話し続ける。プラクシーはその1人を膝に乗せる。

「東の者が西へ行く唯一合法的手段は、西の者と結婚することだよ」

西から東へはビザさえ取得すれば来ることができる。西へ行くことができない東の者は、東に来た西の者とうまく出会い、付き合い、そして結婚すれば西へ行くことができるという。

「でも今ではそれも難しいわ」

別の1人がはじめて口を開いた、プラクシーといちゃついていない方の。

「そうだな、商売人がいたからな」

話によると結婚して西へ出ようとする者が後を絶たなくなったらしい。そしてそれに協力しようと籍だけを貸す西の商売人も出てきたという。金をもらい籍に入れて事実上結婚し、西に移住したところで離婚。それを何度も繰り返す商売人が。そんなことが何度も起こったために、西の者と正当に結婚したとしても西への出国許可は簡単には下りなくなったという。

そんな中、日本に留学するあの人たちはやはり特別なのか。

「実は大学で日本語学科の学生に日本語を教えることになったんだ」

「日本語学科の学生?」

「うん、みんな日本語がうまくてね。在学中に日本に留学するんだって」

「おい渉、そいつらシュタージじゃねえか?」

プラクシーの言葉に他の3人もうなずいている。バーテンダーのパウルが言ったことと同じだ。シュタージ。東ドイツの秘密警察、諜報機関。日本人にはわかりにくいが、多くの国は諜報機関を当然のごとく持っている。特にソ連、その衛星国である東ヨーロッパ諸国は独裁体制を維持するためにも必要だ。あらゆる手段で国民を監視しているだけでなく、密告制を整えている。言ってみれば国民全員が諜報員だ。お互いに監視し、監視されている。事実、国に批判的な発言をしたために家族、友人から告発され摘発されたケースは多い。多くの東ドイツ国民は、この強力な秘密警察に反感と恐怖感を抱いて生活している。

「渉、そいつらはいずれシュタージになるやつらだよ」

「ああ。そうでなきゃ日本に留学などさせないだろう、この国が」

日本に対するスパイ？　対日工作員……。

そうなる者たちに日本語を教えている。渉は黙り込んだ。

「こんな国だ。シュタージは全国民に目を光らせているよ」

「俺たち外国人に対してもな。渉、気をつけろよ。もしかしたら部屋に盗聴器が仕掛けられているかもしれない。手紙だって検閲されている。全部シュタージの仕業だよ」

やはりそうだったのか……。渉にも薄々わかっていた。理美からの手紙にいつも開封された跡があることからも。検閲、日本では戦争中あったというが、それがこの国では今でも堂々と行われている。

ヤニスとプラクシーの言うことはよくわかった。この国のことだ、違和感など全くない。

あの日本語学科の学生がそうかはわからないが、確かに普通ではない特別な学生であり、特別な国民であることは間違いないだろう。

渉はもうひとつ最近気になることを話してみた。エレナと見た聖マリエン教会での警察との小競り合い以降も、同じようなことを目にする。警官に罵声を浴びせている。警官が罵声を浴びている。なぜか多くが教会で起こっている。教会前にはパトカーが停まっていて、明らかに私服警官だとわかる者もいる。連行される者も何人か見た。

「東ドイツ人だっていつまでも黙ってはいないだろう。時代は動いているからな」

その日1989年2月6日、西のラジオ放送は壁を越えて西へ亡命しようとした者がまた1人、国境警備兵に射殺されたことを伝えた。

クリス・ギュフロイ、わずか二十歳の青年だった。

理美

理美は軽く茶色に染めた髪が少し短くなった以外は、変わっていなかった。身長は渉より少し低い。そしてモデルのように細身だ。ウエストが締まっていてお尻も小さい。脚が細く長く、もちろん足首も細い。胸も小ぶりだが体型に適している。ショートカットになった分、顔が目立つが、笑顔が似合う細い目も、透き通るような肌も変わらず美しいままだった。黄色い蛍光色のフリースに黒のズボン、ダウンジャケットを左手に持つ理美の背景は急に色あせるように、理美だけが輝いて見えた。強く抱きしめた理美からは以前と同じいいにおいがした。

「大きくなって……」

理美の第一声だった。渉の身長が少し伸びたのか、伸びたように見えたのか。ボクシングをやっていた頃と違って減量の必要はもうない。体重を気にせず飲んで食べているからか。といっても東にいるときは大した食べ物もないので太ることもないのだが。

今朝、ジョギングを終えシャワーを浴びた渉は、まず部屋を掃除した。数日後に理美がやって来る部屋をきちんと整えた。ごくごく質素な部屋が豪華になることはなかったが……。そしてバッグに着替えと洗面用具を詰めて、いつものようにパスポートは首から下げる貴重品袋に入れて寮を出た。フリードリヒ通り駅の検問所から出国し、ツォー駅から先日訪ねたリュッツォウプラッツのAPOLLOホテルへ行き、予約を入れ、バッグを預かってもらった。幸い満室ではなく、数日間は十分空きがあるとのことだった。そしてバスでテーゲル空港へ行き、理美を待っていた。20時間以上の長旅で疲れていないわけはないのだが、理美はそんな素振りを見せなかった。ホテルへ向かうバスの中では居眠りすることなく、渉に寄り添いながらずっと窓の外を興味深そうに眺めていた。

会話がほとんどないのは日本にいたときと同じ。渉はいたって無口。理美も口数は多い方ではない。

ホテルチェックイン後、渉は理美に少し休むことを勧めると、

「ううん、大丈夫。街を見てみたいの」

と言う。荷物を部屋に置き、2人で中心地を歩くことにした。

ツォー駅からすぐのところにあるカイザー・ヴィルヘルム記念教会は、第二次世界大戦時、英国空軍の空襲で破壊されたままの姿が保たれている。それとは対照的な近代的なビル、ヨーロッパセンターでは最上階の展望フロアへ行き街を見渡した。東ベルリンは相変わらず灰色の空が続いていたが、ここ西ベルリンは晴れている。大都市ながら緑が多い、それは理美にもきっと意外だったのだろう。理美も「高いところが好き」な女性の1人なのだろう、喜んでいるように見える。

「渉の住んでいる東ベルリンはどっち?」

渉が指差す方向はなぜか霞んでいる。かろうじてテレビ塔がうっすら見えるだけだ。

最後に立ち寄ったスーパーでは結局ミネラルウォーターしか買わなかったが、理美は店内を隅から隅まで見て回り、ホテルに着いたときは日が暮れていた。

よく歩いた。ホテルに一旦チェックインした後はすべて歩きだった。

そして今、近くのドイツ料理レストランにやって来た。地元の人が来るような大衆的なところで。おしゃれではないがローカルな雰囲気がいい。

理美とは日本でも何回か飲みに行ったことがある。今日と同じで、いずれも居酒屋のような大衆的なところだった。量はそれほど飲まないが、理美も渉同様お酒が好きだった。渉だってもともとたくさんは飲めないのだが、こちらに来てから強くなったかもしれない。悪友にシュナップスで鍛えられた。

「やはりドイツといえばビールね。これハイネケン？」

「ハイネケンはドイツビールじゃないよ」

渉もハイネケンはドイツビールだと思っていた。

それはドイツに着いた日の夜、フランクフルトのバーで知った。

「あんなビールはケチ野郎が飲むものだよ」

と店員に言われ、はじめてオランダビールだとわかった。

理美は何の疲れも見せず笑顔を絶やさない。少しはにかんだ笑顔を。

「渉はよく飲むの？」

「ときどきクラスの連中と飲みに行くけど、東ドイツのビールはあまりおいしくないんだ」

理美には理解できないだろう。

「理美、何を食べようか？　軽くいく？」

「せっかくドイツに来たんだからドイツらしいものを。渉がいつも食べているものがいいわ」

渉がいつも食べているものはドイツらしいものではないが……。

「すご～い！」

Schweinehaxe《シュヴァイネハクセ》という骨付き豚すね肉のローストには、さすがの理美も驚きを隠さなかった。

これぞドイツ、これぞ肉食獣という豪快さなのだ。添え物のフライドポテトと一緒にドイツ人はこれをひとりで食べてしまうのだから、同じ人間とは思えない。渉と理美は分け合って食べた。理美もずいぶんがんばった。この細い身体のどこに行き渡るのかと思うほどしっかり食べた。皿の上の肉のかたまりは骨だけになり、ポテトもなくなった。

「渉はいつもこういうものを食べているの?」

東にはこんな豪快な、そして質のいい食べ物はないことを理美は知る由もない。東と西の差は壁を越えた者にしかわからない。

3杯目のビールを飲みながら、渉は明日以降のことを話した。今日から2泊か3泊ここ西ベルリンに滞在して、もし希望ならば渉の住む東ベルリンへ。ただしその滞在はビザの都合で1日だけ。そしてまた西ベルリンに戻って帰国まで滞在する。理美は素直に聞き入っていた。

明日は歩いてベルリン・フィルハーモニーへ行ってもいい。戦勝記念塔も徒歩圏内。そして東へ行く前に東を知っておくのもいい。以前、渉が展望台に上り西から東を見たように、ちょっとのぞき見するのもいい。壁博物館もある。

ホテルの部屋に戻ると理美が先にバスルームに向かった。その後で渉も時間をかけて。寮はシャワーだけの渉にとって、バスタブに浸かるのは久しぶりのことだった。

外は寒いが室内は完全暖房。それこそ半袖短パンで過ごすことができる。理美はスウェットの上下。渉はTシャツに短パン姿。

しばらく2人はテレビを見ていた。渉は長旅で疲れている理美がそのうち眠りにつくと思っていた。

ところが理美が身体を預けてきた。

理美から求めてきた。

静かな夜だった。

柔らかな闇に包まれるように。

暖かく澄んだ冬の日。

透き通った夜だった。


翌2日目の朝は2人ともモーニングコールで目を覚ました。春が近づいているとはいってもまだ冬時間で夜明けは遅い。理美は薄暗い窓の外を不思議そうに眺めた後、目覚まし時計に目をやり、そして渉に微笑んだ。

「おはよう」

渉は軽くうなずく。

身支度を調え、ロビー階の朝食レストランへと向かった。昨夜は豪快な肉料理にお腹が膨れ上がったのだが、すっかり空腹になっている。入り口で部屋番号を告げると、渉はバイキングラインに目を奪われた。昨日のスーパー同様、食べ物があふれている。パンが何種類もある。5ペニヒパンではない、どれも柔らかいパンであることはひと目でわかる。チーズやハム、フルーツ、ジュース、ヨーグルトまで種類があふれ色鮮やか。ホットミールコーナーにはスクランブルエッグ、ベーコン、ソーセージ、シャンピニオン、温トマトなども。無理だとわかっていても全種類食べたくなってしまう。今後の東での栄養不足に備え、ぜひとも食いだめしておきたい。子供のようにあちこちと動き回る渉を、理美は笑顔で見ている。渉の気持ちまではわからないだろうが。

あれもこれもと一番大きな皿にてんこ盛りにして席に着いた渉を、理美はあきれたように笑う。

「少しずつ何回かに分ければいいのに」

確かにそうだ。でもおいしそうなものを目の前にすると抑えが利かない。これは東在住者の特徴。

理美はサラミとチーズを数種にパンは1つ。別の皿にはヨーグルトとフルーツをきれいに盛りつけている。

「今日はどこへ行こうか？」

「どこへでも。街を見てみたいの」

クラシック音楽が好きだという理美は、てっきりコンサートにでも行きたがると思っていた。

「理美、東ベルリンにはいつ行く？　明日がいい？　あさって？」

「そうね、もう少しこちらでゆっくりしたいわ」

「じゃあ今日と明日はこっちで過ごして、あさってにしようか」

笑顔でうなずく理美には長旅の疲れなどないようだ。

フロントで「もう2泊する」と伝え、外に出ると、空がだいぶ明るくなっていた。今日も晴れそうだ。寒さはそれなりに厳しいが、日中はいくらか暖かくなるだろう。

メインストリートのクーダムを通り、昨日行ったヨーロッパセンターとカイザー・ヴィルヘルム記念教会を見ながらツォー駅にたどり着いた。

「ここが西ベルリンの中央駅だよ」

黒光りする鉄骨でできた巨大な建物は、いかにも西らしく堂々としている。東の駅はほとんどが石造りで、同じく黒いのだが、煤で覆われたように黒ずんでいるだけだ。

「理美、不思議でしょ。ここは東ドイツの中にある街だよ。でも東ドイツの街へ行く長距離列車はない。みんな西ドイツをはじめ、他の西ヨーロッパの国々とを結んでいるんだ」

掲示板を見ながら話す渉にとっても未だに不思議なことだ。

理美にはどこまで理解できるのだろう。あさって東へ行けば、いくらかわかってくれるだろうか。

渉は理美の手を引いてプラットホームへの階段を上る。

「この電車であさって東ベルリンへ行く。東西ベルリンを結んでいるローカル電車だよ」

まだ午前中だからか、買い出しを終え東に戻る老人たちは見かけない。

「改札がないのね」

　渉は東ベルリンで電車通学をしているが、改札口がないことにいつの間にか慣れてしまった。ここ西ベルリンにもない。こちらでは車内検札制。有効なチケットを所持していないところを検察官に見つかると罰金を徴収される。

　東ドイツ内にありながら唯一輝く自由な街。その西ベルリンからあさって渉の暮らす不自由な国の首都、東ベルリンへ行く。理美はこの東西の差をどのように感じるのだろうか。今からいろいろなことを説明しても仕方ない。そのときまで待つべきだろう。


　クーダムをさらに西へと歩き続けシャルロッテンブルク宮殿に向かう。

　地下鉄や路面電車を使えばすぐなのに、理美は歩くことを好んだ。歩いて行けるのであれば歩くことを選んだ。

　渉は歴史に疎い。歴史だけでなくあらゆるものに。疎くないものを探すのが難しいほどだ。そんな者がヨーロッパに来ることそのものがおかしい。だから日々苦労している。

　以前ツーリストインフォメーションでもらったドイツ語の観光案内を熟読し、理美のために時間をかけて準備した。

　目の前にした宮殿はそれほど大きくはないがきれいに整っている。もちろん第二次世界大戦で被害に遭っているのだろうが見事に再建された上、常に清掃されているのだろう。東のような黒ずみは全く見受けられない。

シャルロッテンブルク宮殿。ドイツがまだプロイセンと呼ばれていた17世紀末、初代王が王妃シャルロッテのために建てたリーツェンブルク宮殿夏の館、つまり別荘。その王妃の死後、名付けられた。

騎馬像があるが、騎馬像を見るとすべてナポレオンに思えてしまう。しかしこの国でナポレオンが飾られるわけはない。プロイセンの王、フリードリヒ1世なのだろう。

理美は渉の簡単すぎる説明にも笑顔で耳を傾けていた。渉の内心をわかってか、質問をすることはほとんどなかった。

内部をゆっくりと見て回る。王や王妃の部屋を、装飾品や磁器などの展示物を、理美は興味深そうに見ている。渉とは明らかに違う。雰囲気も教養も美しさも。渉にはないものすべてを、理美は当然のように備えていた。

昼に食べたのはベルリン名物Currywurst《カリーヴルスト》。焼きソーセージの上にケチャップソースがかけられ、カレーパウダーがまぶされている。ドイツ人はあまりケチャップを使わない。屋台の焼きソーセージでもマスタードはたっぷり付けても、ケチャップはほとんど使わない。「素材の味がわからなくなる」とか「アメリカ的で嫌だ」などと言う人がいるが、このカリーヴルストにはケチャップソースがたっぷりとかかっている。

通りかかった駅前の屋台でひとつ買い、ベンチに座って2人で食べた。

「今夜は何を食べようか？」

渉が訊くと理美は笑顔で答える。

「地元のものがいいなぁ」

ということは今夜も肉とイモか……。「宇田川」も「ソウル」もあるのに……。


午後2人が向かったのはなぜか動物園。何もここまで来て動物園に、という気もするが、なぜか来てしまった。通りがかりだったということもあるかもしれない。ただし、それがことの外良かった。

ここにもパンダがいるのには驚きで、2人そろって手を振った。ライオンやトラ、クマもかぶりつき。こんな近くで見たことなどはじめてだ。渉はこちらに来てからクマのように大きな人間なら何度も見ているが……。

何よりも空いているのが良かった。ところどころで休みながら、広大な敷地を歩いて回った。

動物園を出てホテルに戻り少しだけ休み、そしてドイツ料理レストランに入った。昨夜とは違う、でももちろん大衆的なレストランに。

今日はどれくらい歩いたのだろう。ビールを飲みながら渉は思った。

「理美、疲れたでしょ」

理美は何も言わずちょっとはにかんだ笑顔を見せた。

「明日はどうする？」

「今日行ってないところを歩きましょう」

この細い身体のどこにそんな体力があるのか。ちょうど食べ物が運ばれてきた。今夜はSauerbraten《ザウアーブラーテン》少し酸味の効いた牛肉のロースト。それにサラダ。東にはない色とりどりの生野菜に、ドイツ風ポテトサラダがたっぷりと載せられている。

理美はうれしそうに、おいしそうに食べている。ビールもお代わりした。きっとこの食欲がパワーの源なのだろう。

渉はビールを飲みながらフォークとナイフを操る理美を見つめていた。

理美は食べているときも美しかった。その食べているものが肉とイモでも、理美は美しかった。意外なことに理美は自らどこかへ行きたいとは言わなかった。渉といるだけで良かったのかもしれない。渉に会うために、渉と一緒に過ごすためにはるばると、しかも大金をかけてやって来たかのようだった。

その日も抱き合ったまま1日が終わった。


3日目にまず向かったのはベルリン・フィルハーモニー。

途中、かつて日本大使館があったところを通り過ぎた。第二次世界大戦までは同盟国イタリア大使館の隣に日本大使館があったのだが、敗戦後、西ドイツの首都はボンになったので移された。西ベルリンは西ドイツの特別州で西ドイツの最大都市だが、実質は米英仏の管理下で陸の孤島。首都にはなり得ない。

ボンは国会議事堂と各国大使館ができて、どうにか首都らしくなった。

クラシック音楽が好きな理美だが、目の前にしたベルリン・フィルハーモニーに特別な感情は示さなかった。それまでと同様、あくまでも渉と過ごしている時間を大切にしているようだった。内部見学ができるか訊きに行こうかと思った渉だが、行動には移さなかった。

ここはベルリンの壁に程近い。でも渉はまだ何も言わなかった。隠しているわけではない、言う必要性が見つけられなかっただけだ。

高さ69メートルならばそれほど高くはない。ただしエレベーターはない。自力でこのジーゲスゾイレ（戦勝記念塔）に上ってきた。

19世紀、デンマーク、オーストリア、フランスとの3度の戦争に勝利した記念に建てられた戦勝記念塔。ドイツは二度の世界大戦には大敗したが、それ以前は負けていなかった。

ここから見渡してもこの街に緑が多いことがわかる。ブランデンブルク門までは6月17日通りがまっすぐに延びている。今日も晴れているのだが、ブランデンブルク門の向こう、東ベルリンはいつもながら霞んでいる。明らかに空気がよどんでいる。

帝国議会議事堂は東にもあるような石造りの巨大な建物。ただし、かろうじて壁の西側にあるので真っ黒くはなく、清掃は行き届いている。今日、議事堂はイベント会場として使われている。議事堂前の大きな広場は公園になっていて、ときどき大物アーティストのコンサートが行われる。マイケル・ジャクソンやデビッド・ボウイがコンサートを開いたときは東ベルリンでも話題になったという。

西ベルリンから見た壁
Unknown photographer, Reproduction by Lear 21 at English Wikipedia.
https://commons.wikimedia.org/wiki/File:West_and_East_Germans_at_the_Brandenburg_Gate_in_1989.jpg

壁が近づいてきた。壁の西側には住宅、マンションなどはほとんどない。壁の向こう、東側の緩衝地帯には監視塔がところどころにあり、銃を持った警備兵が常に目を光らせている。大型犬も放たれている。地雷も埋められているらしい。いくら壁の西側は自由とはいえ、すぐ向こうがそのような物々しい警備態勢で、何か起こったら巻き込まれかねない地域に住もうとする人はいないのだろう。

経済的に大きな後れを取った東ドイツは、西から見える壁付近には見栄えのいい建物をそろえ、見栄を張ったのだが、そんなことが無意味なことは誰の目にも明らかだった。無意味どころか失笑を買っている。

チェックポイント・チャーリー付近の東らしくないマンションもそのひとつなのだろう。

渉と理美が目にしている壁は見事なまでに落書きで埋め尽くされている。明らかに壁そのものを批判している。

ツアー客だろうか、団体が何組かいる。観光名所と言ってしまうには、東の人々に気の毒ではあるが。

2人は展望台に上り、壁の向こうを眺めた。理美は黙ってまぶしそうに見ている。実際にはまぶしくはない。壁の向こうの東ベルリンは、空も建物も灰色で空気も濁っている。まぶしいものなど何もない。

理美に笑顔はない。

「明日は向こう側からブランデンブルク門を見ようか」

「そうね」


このタイムマシーンを理美はどのように感じるのだろう。

翌4日目朝、ホテルをチェックアウトした際、明日の予約を入れ、理美のスーツケースを預かってもらった。それほど大きくはないが、国境の検問所で理美には渉が味わったような思いはさせたくなかった。東ベルリンにいるのはたった1日。荷物は最小限にした方がいいだろう。ツォー駅から乗ったこの電車は、壁を越えフリードリヒ通り駅までわずか10分。壁を越えるところを見ていなくても、荒廃していく窓の外の風景で東ベルリンに入ったことがすぐにわかった。理美も変化に気づいただろう。

入国審査には2人そろって行った。東ドイツ滞在許可証のある渉は比較的簡単に済んだのだが、観光客としてその場で1日ビザを取得する理美はかなりの時間がかかった。この検問所の重々しい雰囲気の中で待たされるのはかなり精神的な負担になる。それは居住者でこの検問所をすでに何度か経験している渉にとっても同じだ。渉は理美の肩を抱きしめた。

パスポートに1日ビザのスタンプが押された後の税関検査は幸いにも素通りだった。といっても今日は違法行為をしていない。雑誌もないし闇両替もしていない。調べられてもいいときにかぎって何も調べられない。まぁそんなものか。

両替所にも用はない。西ベルリンの両替所で1対8で換え、持ち込むのは違法なのだが、渉にはこんな価値のない東ドイツマルクに1対1で西ドイツマルクから換えさせることの方が犯罪行為に思える。

渉が滞在許可証の挟まれたパスポートを見せると、両替所の係官は渉に「早く行け！」とばかり顎で出口の方を示す。しかし理美のパスポートはなかなか返そうとしない。

「25マルク！」

威圧的な声で言う。

「旅行者は1日につき25マルクを両替することになっている」

強制両替。渉は知らなかった。西ヨーロッパ諸国とは経済的に大きく差をつけられた東ヨーロッパ諸国は、西からやって来る旅行者に対し1対1の公定レートでの両替を義務づけている。要するに喉から手が出るほど欲しい外貨をまきあげている。

理美が25西ドイツマルクを出すと、同額だが8分の1の価値しかない25東ドイツマルクを返された。渉がこれまで素通りしていたこの両替所は強制両替のためのものだった。

検問所を出てまずは渉の住む寮へ向かおうと電車に乗った。ずっと肩を抱きしめている理美は窓の外を見たまま。こんな国が、こんな街が信じられなかったのか。そこで生活している渉が信じられなかったのか。寮に着くまで口は開かなかった。


624号室のドアを開け、部屋に入った理美はやっとホッとしたようだった。

「驚いた？　ここで毎日過ごしているんだよ」

見渡すほど広くない部屋を見渡しながら、理美はうなずいた。

「同じドイツでも、同じベルリンでも、西と東ではこうも違う」

「ここが渉の住まいなのね」

荷物を置いて、ベッドに腰を下ろした理美にやっと笑顔が戻った。

「最初は後悔もしたかな。でも住めば都っていうか、今では慣れてきた。ただ今日のように西から来るとカルチャーショックを受けないわけない、ちょっと気が滅入るな」

理美は納得したのか、そっとうなずく。

「さぁ、行こうか」

時間はかぎられている。理美は24時間しかこの国に、この街にいることはできない。渉は出国・再入国ビザ申請書をパスポートに挟み、まずは警察に向かった。明日また西ベルリンへ行くのに必要なビザを取得するのが先決だった。寮から程近いその警察署でビザの取得手続きをしている間、理美は部屋で待っていてもいいのだが、こんな国で1人にされてはやはり不安だろう。

いつもの担当者は、これまたいつも通り面倒くさそうに時間をかけてビザを発給した。途中、何度も何度も渉の横にいる理美に目をやった。「少しは遠慮しろ！」と思うほど、手を休めては理美を凝視した。こんな男でも理美の美しさはわかったのだろう。

ビザを取得できたことで心配なく行動できる。これで明日、理美と西ベルリンへ行くことができる。一緒に最後の夜を過ごすことができる。そしてあさってには日本へ発つ理美を見送ることができる。

「渉がいつも行くところに行ってみたいの。渉の生活している場所を見てみたいの」

ザクセンハウゼン強制収容所のことは言わなかったが、西ベルリンと違って大した観光地のないこの街よりも、足を延ばしてポツダムにでも行きたいのかと思い訊いてみたのだが、理美は首を横に振って言った。

アレキサンダー広場まで電車で行き、中心地を歩いてみることにした。

「西ベルリンからもこのテレビ塔は見えたでしょ。これがこの街のシンボル。ここが中心だよ」

今日もパトカーが停まっている聖マリエン教会を通り過ぎ、ひときわ近代的なパラストホテルを前にした。

「外国人専用のホテルなんだ。今回は1日だけだから国境でビザが取れたけど、もしそれ以上滞在するならこんな政府指定の高級ホテルを予約してからじゃないとビザがもらえない。強制両替もあるし、こんな国なのに来るだけでお金がかかるね」

理美は今日も黙って聞いてくれている。

無意味にきらびやかな共和国宮殿、黒く塗られたように煤に覆われた大聖堂を通り、フンボルト大学までやって来た。

「これが毎日通っている大学。アインシュタインやグリム兄弟、森鷗外もここにいたんだ。この国ではもちろん、東ヨーロッパの中でも有数の大学らしい。その中で一番バカかもしれないけど……」

自分を指差しながら話す渉を見て、理美は力なく笑った。

巨大なソ連大使館を通り過ぎ、昨日は反対側から見たブランデンブルク門を今日は東側から眺めている。国境警備兵がそこかしこにいる。目の前にある柵からブランデンブルク門の向こうにある壁まで続く緩衝地帯はいつもながら不気味だった。昨日も西側からこの緩衝地帯を見たのだが、そのときはまだ自分が自由の国にいるという認識があったのだろう、その風景をどこか他人事のように見ていた。しかし東側にいる今、この緩衝地帯と壁は明らかに自由を阻む障害物として立ちはだかっている。

理美は昨日よりまぶしそうに負の遺産を見つめている。実際に視線の先の西ベルリンは晴れ渡り、まぶしかった。

ビールの味が明らかに昨日まで飲んでいた西のビールと違うことは、理美にもひと口でわかったようだ。乾杯の後、不思議そうにグラスを見つめている。

「理美、すべてが違う。ビールも食べ物も、サービスも。人が着ている服も違うし、人間そのものも。車はあんなのばかりだし、建物も街並みもまるで違う。相反するもの同士が国境で接している。国境をまたぐと、すべてが変わるんだ」

市庁舎の地下にあるレストラン、ラーツケラーでの夕食。

ここに来る前に立ち寄ったスーパーは、やはり理美には衝撃だったようだ。西ベルリンで行ったスーパーとは比べようもない。物がない、色がない。それなのにレジには長い列ができている。店員は常に仏頂面。他の店員と話しながら、休みながら仕方なく仕事をしている。これでは列は長くなるばかり。ただしそんなことはお構いなし。途中で「休憩だ」とタバコを吸いに外へ出て行ってしまう。

「渉がよく行くレストランで、渉がよく食べるものを食べてみたい」と言われてやって来たこのレストラン。そこそこ高級なところだ、と言っても闇両替値段では大したことあるわけないが。

渉はここにときどき1人で来ていた。いい酒があるわけでも、特においしい料理があるわけでもない。夜8時頃のピアノ演奏の前に、週に一、二度、不定期で初老の男が珍しい楽器を吹き鳴らす。「パンフルート」と教えられたその楽器は、長さ、太さの違う数本の木製の管からできている。リコーダーともオカリナとも違う、どこか縦笛や尺八に似たような懐かしく神秘的な音。はじめてのとき、その何とも不思議な音色に引き寄せられるように階段を下り、店に入った。以降カウンターで飲みながら、この地下室のメロディーに酔うのが好きだった。

注文したものはSchweinebraten《シュヴァイネブラーテン》。英語でいえばローストポーク、日本の焼き豚に似ている。質にさえこだわらなければ、この国でも豚肉が品切れになることはまずない。胃に重いのでよく食べるわけではないが、まぁ妥当なメニューといったところか。サラダは西と異なり酢が効いていて、サラダというより漬物に近い。西と東の違いがわかる一品。理美には我慢してもらおう。明日は西ベルリンで、ずっといいものを食べることができる。

ビールは一杯だけにして白ワインにした。東にしてはまずまず。そして一度理美に飲んでもらいたかったシュナップスを食後に。

理美は無口だった。演奏はパンフルートからピアノになったが、ほとんど口を開かなかった。

「渉は大丈夫なの？」

「えっ？」

部屋に戻りそれぞれシャワーを浴びた後、突然の理美の質問に渉は戸惑った。

「ここでやっていけるのね」

うなずくしかなかった。今回も他に答えがなかっただけだ。

理美は笑顔になり渉を抱きしめた。今日はベッドはひとつしかない。2人で横になると、昨日までと同じように求め合った。ただし理美が持っていたスキンは昨日ですべて使い切ってしまった。渉は立ち上がり本棚まで行くと、引き出しの奥からスキンの箱を取り出した。日本から持ってきたまま封を切っていないその箱を、理美ははにかんで取り上げた。そっと封を切り、箱を開け、ひとつを取り出した。そして優しい手つきで渉につけてくれた。

どこにいても理美は美しかった。ここ東ドイツでもそれだけは変わらなかった。

渉が住むこの街を、おそらくもう二度と来ることのない東ベルリンを、理美は眼に焼きつけようとしているようだった。

5日目の朝、シュトルコバー通り駅へ歩いているときも、検問所のあるフリードリヒ通り駅へ向かう電車内でも目線を下げることはなかった。誰もが緊張感をおぼえ、恐怖さえ感じる出国審査も、理美は楽しんでいるようだった。自信にあふれたその態度は、理美の美しさを際立たせていた。税関検査の係官も理美を見つめ、ただ見送るだけだった。手荷物検査場でも何もなく素通りだった。

ツォー駅へ向かう電車内で、東ベルリンを振り返ることはなかった。1秒ごとに輝かしくなる窓の外の風景を、理美は進行方向に向かい堂々と見つめていた。

まぶしかった。建物も空の色も、そして理美も。いつもと同じように輝いていた。

ツォー駅からAPOLLOホテルへ歩いて向かう途中、朝から何も食べていなかった2人はケバブをひとつ買い、一緒に食べた。店先に大きな肉の塊がぶら下がっている。渉も最初はそうだったように、理美もその塊を不思議そうに見ていた。肉の種類は子牛やチキン、ラムのところもある。豚はない。1枚1枚重ね合わせ巨大になった塊を、横から熱しながら回転させている。それをスライスしサラダと一緒にパンに挟むトルコ料理。

第二次世界大戦の廃墟から世界一の経済力を争うまでに発展した西ドイツには、このケバブ屋、トルコ料理店が実に多い。若い男の多くが戦死し労働力不足が深刻な問題だった西ドイツは、戦後の労働力を補うために外国人労働者を多く受け入れた。様々な国からやって来たが、その多くはトルコ人。きつい、汚い、危険。いわゆる3Kの仕事に従事することが多かったトルコ人の活躍がなければ、西ドイツの経済発展はなかったとまで言われる。その西ドイツ経済を支えたトルコ人の2世、3世の中には、こうして飲食店をやっている人が多い。彼らは日本人にとても親切だった。

手頃だがボリュームがあり、おいしい。ニンニクの効いたヨーグルトソースが2人の口に合った。


「当時はナチスの全盛期でね。ナチスのために行われたようなオリンピックだった。メダル数もドイツが一番だった」

再びチェックインしたAPOLLOホテルに荷物を置いた2人は、1936年ベルリンオリンピックの会場であったオリンピックスタジアムにやって来た。

「今でも東ドイツはオリンピックでは強くてね。人口は西ドイツの3分の1なのにメダル数はソ連やアメリカの次に多いんだ」

スタンドを歩きながら渉は続ける。

「メダルを取ると生活が保障されるらしくてね。特に金メダルを取れば住まいも車も食べ物もすべて優遇されるらしい。一般の人は西へ行くことはできないが、大会が西側で行われることになればもちろん選手は行くことができる。それもスポーツ選手の特権だね。ただし毎回、現地で亡命する人が出るようだけどね」

わずか1日だけだが東を体験した理美には、渉の言う「亡命」の意味がわかっただろうか。石造りのスタジアムはきれいに整えられているが、10万人収容という大きさが威圧感を与える。

「オリンピックのときはすごかったんでしょうね」

「うん。ドイツ人がメダルを取るたびに、観客はナチス式の敬礼をして大歓声を上げたんだ」

もともとスポーツ好きの渉は、東ドイツ行きが決まってからスポーツ事情を調べていた。ベルリンオリンピックのこともある程度は知っていた。

「ナチス式の敬礼は今では犯罪行為。あれをやると警察に捕まるんだ」

理美は少しだけ驚いたように渉を見た。

第二次世界大戦のナチスの行為は、被害者だけでなくドイツ人の心にも深い傷を残した。戦争犯罪に対する反省の下、両ドイツは国際社会の仲間入りをし、特に西ドイツは躍進的な経済発展を遂げることになる。ナチス犯罪に時効は成立しない。

「『前畑がんばれ！』なんて聞いたことがあるでしょ。あれはここのオリンピックだよ」

繰り返される「前畑がんばれ！」コールは理美も聞いたことがある。

「マラソンで金メダルを取ったのがソン（孫基禎《ソンギジョン》）。韓国人だけどね、当時は日本が朝鮮半島を統治していたから日本人として出場したんだ。表彰式では意に反して君が代が流れ、日の丸が掲揚される。それが悔しかったんだね。せっかく優勝したのに、表彰台では自分のユニホームにある日の丸を手で隠したり、サインを求められるとわざと大きく『KOREA』と書いたりしたらしい」

もう戦争が終わって40年以上経つ。しかし戦争の跡がはっきりと存在することを、東西を往復した理美も感じているのかもしれない。

渉の話に理美は黙って耳を傾けていた。まぶしそうに遠くを見るその横顔はいつになく美しい。わずか5日間なのに思ってもいなかった経験をしてしまったのだろう。


「うわ～っ!」

最後の夜のメニューはベルリン名物Eisbein《アイスバイン》。最初の夜に食べた骨付き豚すね肉の今度は塩ゆで。フライドポテトとサラダも運ばれてきた。結局最初から最後まで肉とイモ、ドイツ料理づくし。これでは肉食獣になってしまう。

「やっぱりビールも食べ物も東と違ってこっちの方がおいしいでしょ」

理美は肉を食べるのに必死で何も答えなかった。ポテトにもよく手をのばす。これだけ食べてこのスタイルを維持しているのがあまりにも不思議だ。

渉はビールを飲みながら主にサラダを食べ、理美がほぐしてくれた肉とポテトもときどきつまんだ。

「日本に帰ったらまず何を食べる?」

皿がきれいに片づいたところで渉は訊いてみた。

「うーん、やっぱり魚かな」

それはそうだ、これほど肉とイモを続けたのだから。

「日本料理だけど、あれは当分いらないわね……」

「えっ、何？」

「ほら、あれよ、あれ。肉じゃが！」

2人で笑った。確かに日本料理だけど肉とイモだ。しばらくはお預けにしてもいいはず。

「ねぇ渉、私も海外に行こうかと思っているの」

食後のデザートワインを飲んでいると理美がつぶやくように言った。渉はまた海外旅行でもするという意味かと思って聞いていた。

「もぅ単位はほとんど取ったから」

卒業して就職したら長期休暇を取るのは難しいだろう。

「渉はいつまでいるの？」

「もう少し考えるよ。もうしばらく語学力を磨いたらちゃんと考える」

渉は今後のことについてそろそろ考えなければいけないと思うようになっていた。

理美は黙ってうなずいた。

はじめてのこの感覚が不思議だった。

最後の夜だからだろうか。抱き合っていると、喜びと同時に寂しさを感じる。

そんなありきたりのものではなく、大人びた言い訳でもない。

追いかけても逃げていく、決して追いつくことはない。

優しいようで冷たい、美しくもあり残酷なような。

どこか忘れかけていた幼い頃の感情にも似ていた。何もできず、ただぐずっていたときのような。

愛しいけれども素直になれず、切なさだけが残る。

なぜか憎しみにも似ていた。結局は誰を憎むこともできず、自分の弱さだけを感じてしまう。

あふれ出す思いが、より強い力で抑えつけられている。


理美は空港へ向かうバスの中でも終始窓の外に目をやっていた。これからまたしばらくは渉に会えなくなる寂しさなどは全く感じられない。このベルリンでの日々に満足したのか、すべてを成し遂げたかのように渉の横で堂々と風景を見ていた。


「いろいろとありがとう。気をつけてね、がんばるのよ」

空港でチェックインを終えた理美はそう言って渉を抱きしめた。

どれくらいの間だっただろう。ほんの数秒だったかもしれない。渉には長く感じられた。長く感じたかったのかもしれない。

「すっかり大きくなって……」

理美がささやく。5日前にも聞いた言葉だった。

「もう大丈夫ね。さようなら」

理美は渉を見据えて言った。少しはにかんだ笑顔で。

我に返った渉は何も言わなかった。いつものように何も言えなかっただけだ。

出国審査場へ向かう理美を、渉はただ見つめている。後ろ姿の理美を最後まで見つめている。

理美は振り返らなかった。

静かだった。すべてが黙り込んでしまったかのように。

はしゃぎまわっていた子供たちはどこへ行ってしまったのだろう。

アナウンスも今は聞こえない。

すべてのものが色あせていく。理美以外のすべてが。理美は最後まで輝いていた。


バスで中心地に戻った渉はメインストリート、クーダムを歩いている。理美と何度か通ったところだが、今日は全く別世界のようだ。悲しいとか寂しいなどというのではなく、何も感じなかった。感覚が麻痺しているようだった。

「アンニョンハセヨ！　あっ、お兄ちゃん。いらっしゃい！」

ニンニクのにおいとおばちゃんの笑顔、そして韓国語訛りの日本語を聞いて、渉はここに来たことが正解だと改めて思った。クーダムから続くカント通りを歩いて、韓国料理店「ソウル」に入った。

おばちゃんは今日は黄色のシャツ。相変わらず口紅は真っ赤。原色好きか？

「ビールかい？」

渉がうなずくと、おばちゃんはすぐにビールとパンチャンを持ってきてくれた。

「今日のパンチャンはおいしいよ」

ちりちりパーマは前回よりちりちりちりになっている。昨日火事にでも遭ったのか？

「どうしたお兄ちゃん、元気ないね。彼女にフラレでもしたか？」

別にフラレたわけではないが、おばちゃんにはお見通しのようだ。

「外は寒いから、今日はスンドゥブでも食べていきな！」

メニューを見ている渉におばちゃんが勧めた。外が寒いことには気づかなかった。

パンチャンのキムチ、キュウリの浅漬け、日本風のポテトサラダ、韓国のりのおいしさで、徐々に感覚が戻ってきたことがわかった。食べ尽くすと、おばちゃんはすぐにお代わりを持ってきてくれた。

「お兄ちゃん、おいしそうに食べるね」

ふぅふぅと息を吹きかけながらスンドゥブを食べる渉に、おばちゃんは以前と同じことを言う。

身体は温まり、すっかり正常になった。

「ねぇ、おばちゃん。この米はどこの米?」

寮で食べるベトナム米とは明らかに違うご飯を食べながら、渉は「宇田川」でも訊いたことを訊いてみた。

「あれっ、確か日本の米だと思ったよ」

おばちゃんは調理場から米の袋を持って来た。

「ほれ!」

「えっ?」

袋には漢字で『伊太錦』とある。

「イタにしき!　あちゃちゃちゃちゃちゃ……」

思わず噴き出した。笑ったのは今日はじめてかもしれない。

「お兄ちゃん、学生さん?」

すっかり満腹になった渉がうなずく。

「どこ?　工科大学?　自由大学かい?」

おばちゃんは西ベルリンのふたつの大学の名を言った。

「実は壁の向こうなんだ。フンボルト大学」

おばちゃんの顔から一瞬にして笑顔が消えた。

「お兄ちゃん、日本人だよね」

笑顔のないおばちゃんはおばちゃんらしくない。どこか警戒しているようだ。

「なんで東なんかで？　珍しいね」

「なんとなく、気まぐれかな。こっちで大学に通うより安かったから」

おばちゃんに少しだけ笑顔が戻った。

「でもおばちゃん、クラスに韓国人はいるよ。４人もね」

おばちゃんはまた笑顔がなくなり、首を横に振りながら警戒心をあらわにした。

「それは韓国人じゃないよ。北の連中だよ」

「えっ？」

でもあの４人は最初の自己紹介のときに確かに「Ｋｏｒｅａ（コリア）から来た」と言った。

「あたしたちゃ向こうには行かないんだ。向こうにいるのは北朝鮮人だよ」

渉の頭は混乱した。そういえばＳüｄ（南）ともＮｏｒｄ（北）とも言わなかった。「Ｋｏｒｅａ」としか言わなかった。Ｓüｄ・Ｋｏｒｅａ（韓国）かＮｏｒｄ・Ｋｏｒｅａ（北朝鮮）かは明確には言わなかった。

日本人にとってＫｏｒｅａと聞けば自動的に韓国と思うのが通常で、渉もすっかりそう思い込んでいた。

しかし渉の住む東ドイツは通常の国ではない。民主国家ではない。同じ独裁体制を持つ北朝鮮と友好関係にある国だ。その東ドイツではＫｏｒｅａといえば自動的に北朝鮮のことを指すことに今さらのように気づいた。

海外がはじめての渉にも、北朝鮮がどのような国であるかは少しはわかる。今日でも反日感情が強く、日本人には唯一行くことができない国だとパスポートに記されている。

渉は４人の鋭い目つきを思い浮かべた。いつも話をするのはキムとだけだ。他の３人とは数えるほどしか口を利いたことはない。いつもキムの後ろから鋭い視線を渉に浴びせているだけだ。その意味が今ようやくわかったような気がした。

変化の兆し

休み明けのDr.メーベスの挨拶はこれまで以上に素っ気ないものだった。いつもは相手の目をしっかりと見つめ、１人１人に話しかけるように話すメーベスが目を合わせようとしなかった。渉にとって、それよりも気になったのはブルックナーだった。いつもは何度も渉に微笑みかけるブルックナーが、昼前の単語の授業で一度も笑わなかったのだ。ちょっと心配になって授業の後にブルックナーのところに行くと、やっと笑顔をつくってくれた。

「先生、次回は？」

「また今度連絡するわ」

次回の個人レッスンのことを訊こうとすると、ブルックナーは足早に教室を出て行ってしまった。


午後、この日の最後の授業が終わった後、渉から４人組に近づいた。

「元気だった？　休みの間何をしていた？」

本題の前にワンクッション置くつもりで、まずはどうでもいいことを訊いた。４人とも相変わらず体格がいい。そして目つきが鋭い。

「ああ、特に何も。普通にしていたよ」

答えるのはいつも茶色いハンチングをかぶったキム。パク、チョン、チェの３人は渉を睨んだままだ。

「ところでみんなＫｏｒｅａのどの街から来たの？」

「ピョンヤン」

予想通りというより確信していたが、韓国人だと思い込んでいた渉は、やはり軽い衝撃を受けた。間違いなかった。韓国人ではない、北朝鮮４人組だった。目つきが鋭い、特に渉に対しては。

北朝鮮、朝鮮民主主義人民共和国。その国名とは裏腹に金王朝と言われる独裁国家。

過去にいくつものテロ事件を起こしているが、１９８７年には翌年のソウルオリンピックを阻止するために大韓航空機を爆破している。その実行犯２人は偽造の日本パスポートを所持していた。他にも麻薬密売、偽札製造などが国家主導で行われ、１９７０年代には日本海沿岸でのアベック失踪など、日本人拉致、誘拐にもかかわったと言われている。近年は核開発が問題になっている。

経済状態は劣悪で慢性的な食糧難にあり、各国に食糧援助を求めている。

日本との国交はなく、日本のパスポートの３ページ目には「本パスポートは北朝鮮を除くすべての国と地域で有効である」と明記されている。

韓国とは未だ休戦状態で、朝鮮半島は１９４５年以降北緯38度線を境界に、完全に南北に分断されている。北朝鮮と韓国の関係は、東西ドイツの関係に酷似しているとも言われる。

一緒に帰ろうとしてエレナに話しかけていると、ザハールとライサ、パベルのソ連人３人がやって来た。ところどころ話すロシア語はわからない。

「渉も来るか？」

ハッケッシャーマルクトのいつものレストラン。そういえば休み前はこれまでのようにみんなで行くことはなかった。久しぶりになる。ベロニカとモニカ、ジーナ、ニーナ、アンナもやって来た。

「みんな帰ってたの？」

ビールで乾杯した後、渉から口を開いた。

「私は残っていたわ」

うなずくみんなをよそにジーナが答えた。

「渉はずっとここにいたの？」

「実はプラハに行ってきた」

理美を見送った3日後、渉は2泊3日のプラハ一人旅をした。東ベルリンに戻ってすぐに航空券を手配し、チェコスロバキア大使館でビザを取得した。

エレナに事前には言わなかったが、今朝会ったときに軽く伝えていた。

美しい街だとみんなが言うので、期待していた。期待通り、プラハの街は歩いていて楽しかった。プラハ城からカレル橋、モルダウ川、旧市街はそれなりに見ごたえがあった。しかしやはりそれは東ヨーロッパの街だった。東ベルリン同様灰色に覆われていた。車もトラバントのようなポンコツが多かった。食べ物は肉とイモが中心で、蒸しパンのようなものも多かった。物価は安い。というのも限度額はあったが、東ベルリンで東ドイツマルクからチェコスロバキアの通貨コルナに両替できたおかげで。その東ドイツマルクはもちろん西ベルリンで両替し持ち込んだもの。

つまり闇両替レート。プラハの空港で強制両替が待っていたが、コルナが足りなくなることはなかった。現地では何度も「チェンジマネー？」の声がかかったが。

それにしても飛行機には少なからず驚いた。インターフルークという東ドイツ国営航空はサービスらしきものがなかった。簡単なドリンクサービスの後、乗務員は前方の空いている席でトランプゲームに大忙し。東ドイツマルクで購入した航空券は闇両替レートで２０００円。これでは文句は言えないが……。

「ビールはおいしかったよ。このビールよりはるかに」

これは嘘ではない。西ドイツのビールに負けないほどのコクがあった。そして安かった。

「ルーマニアもいいぞ」

「そうね、チャウシェスクが待っているわ」

「帰ってきたらこの街が大都会に見えるぞ」

「渉、ルーマニアへ行くならアメリカのタバコを忘れるなよ」

ザハールらソ連人の言葉に、黙っていたルーマニア人のモニカが言う。

「モスクワだって同じじよ、酔っぱらいばかりだし」

渉にはよくわからなかったが、エレナは笑って聞いていた。

今日もつまみはない。ひたすら飲むだけ。渉とエレナ以外は早くもシュナップスをお代わりしている。

酔いが回ってきたのかはわからない。パベルが真剣な表情をして言う。

「渉、今いろいろなことが起こっている。この国だけじゃない、ソ連でも、ポーランドでも、チェコスロバキアでも」

「ルーマニア以外でね」

ジーナの言葉にモニカ以外が笑った。

「大学もちょっと神経質になっているよ」

確かに今日のメーベスの態度は今までになくよそよそしかったし、ブルックナーは明らかにおかしかった。

「渉、お前は西の人間だからわからないかもしれないが、ここでは35年前、プラハでは20年前に起こったことがまた起ころうとしている」

ザハールは渉からエレナに視線を移して言った。それがベルリン暴動とプラハの春のことだと渉にはすぐにわかった。

「ゴルバチョフがどこまでやれるかな」

「渉、あまり関わらない方がいい。こうして俺たちといるのもいいことではないかもしれない。お前は日本から来た学生だ。しかも若い」

「だから休み前は誘わなかったのよ」

みんなは会っていた、休み前もここでこうして。渉は誘われなかっただけだった。

エレナが目を丸くして喜ぶ。そして渉の頬にキスをした。みんなと別れ、いつものように一緒にアレキサンダー広場の駅に向かっている途中、西ベルリンで買ったチョコレートを手渡したときだった。

「また西ベルリンに行ったの？」

渉はうなずく。もちろん理美のことは何も言わない。

「エレナ、プルゼニュはどうだった？」

渉はエレナの故郷の名を出した。

「ええ、ゆっくりしたわ」

「そうじゃなくて。何か動きがある？　変わろうとしている？」

「………」

「ここも変わるのかな？」

ベルリン暴動、ハンガリー動乱、プラハの春。ソ連の衛星国で起こった民主化運動は、ソ連の武力によってことごとく封じ込まれた。それが今、親玉であるソ連がゴルバチョフの出現によって変わろうとしている。ゴルバチョフによるグラスノスチ（情報公開）、ペレストロイカ（改革）という言葉は、西からのラジオ放送で毎日のように耳にするようになった。

「エレナ、今度ドレスデンへ行こう」

何も答えないエレナに渉は話題を変えた。いつかエレナが一緒に行きたいと言っていた東ドイツの街だ。

エレナはまた目を丸くして渉の唇にキスをする。

こうして子供のように喜びをあらわにするエレナ。さっきは答えを見つけられず寂しそうにしていたエレナ。何よりもその目が素敵だ。一日中見ていても飽きないほどに。

「いつかエレナも自由になれるのかな？　西へ行くことができるようになるのかな？　言いたいことを言えるようになるのかな？」

それを言葉にすることは渉にはできなかった。

レクリエーションルームにヤニスとプラクシーがいるのを確認して、部屋から西ベルリンで買ったチョコレートを持って来た。今日はまた見たことない同年代のガールフレンド2人がいる。フンボルト大学の学生のようだが、まぁどうでもいい。

「おう渉、久しぶり！　元気だったか？」

「西ベルリンにしばらくいたんだ」

「女でもできたか？」

できたんじゃなくて会いに来たんだが、説明するのも面倒だ。

「オリンピックスタジアムに行ってきた」

オリンピック発祥の国からやって来た2人に合いそうな話題を口にした。

「ベルリンオリンピックか」

ヤニスが思い出すように言った。もちろんここにいる誰一人としてそのときに生まれているわけはないが、ナチスの全盛期でメダルラッシュだったことはみんな知っているのだろう。

東西分裂後、西ドイツに著しく後れを取っている東ドイツの人を前に、西ドイツや西ベルリンのことを話すのはどこまでがいいことなのか、どこまでが悪いことなのか未だにわからない。渉は授業では神経を使うことが多いが、ヤニスとプラクシーは何も気にしていないようだ。

「東ドイツは今でもオリンピックでは大活躍だね」

渉は東ドイツ人らしいガールフレンド2人に気を使ったつもりなのだが、プラクシーが鼻で笑いながら言う。

「渉、そりゃそうだよ。こいつらに『バナナ毎日食わせてやる』『トラバントを待たずにすぐ与えてやる』と言えば張り切るだろう」

「渉、こんな閉鎖的な国だ。スポーツの国際大会くらいしか世界にアピールすることができないんだ。だから国をあげてやっている。子供のとき少しでも才能があると見受けられれば強制的に教育される。本人の意思に関係なくな。結果的に金メダルを獲れれば一生楽できるだろう。ただし、そんなのはほんの一部。ほとんどが途中で見捨てられるよ」

「薬だってやっているだろ」

ヤニスの後に言ったプラクシーの言葉にガールフレンド2人もうなずく。

確かにソ連をはじめ東ヨーロッパ選手のドーピングが問題になっているのは渉も知っている。

「この国が世界に誇れるのはスポーツ選手くらいだなぁ」

ヤニスが言うとガールフレンドの1人がチョコレートを食べながら口を挟んだ。

「マイセンも東ドイツのものよ」

「私たちには縁のないものだけどね」

続いて別の1人も。

マイセン磁器は知っている。それが東ドイツのものであることも。

「あれは特権階級の者だけが手に入れられるのよ。あとは外貨獲得で西に輸出しているわ」

「渉、ビールだってそうだよ。この国のビールは明らかに西のとは違うだろ。いい麦やホップが採れたら、国のお偉いさんたちが味わって、あとは西に流すんだ。国民に回ってくるのはカスだけだよ」

ヤニスの説明に渉は納得するしかなかった。それがこの国だ。

この国の季節の移り変わりは日本とは明らかに異なる。

夏は駆け足で去っていく。汗ばむことがなくなったと思えば、日に日に秋が深まりいつの間にか冬になる。そしてどこまで寒くなるのか、極限に達したのか、それともその寒さに身体が慣れたのか、少しだけ落ち着きだし、気づいたら春が近づいている。

夏の夜は寝る間際まで明るく、冬は授業がはじまってもまだ暗い。

ここ数日、灰色の街は相変わらずだが石畳が柔らかくなったように思え、笑顔の似合わない東ドイツ人でさえどこか穏やかになった気がする。外で待ち合わせするのも苦ではなくなった。

「WATARUさん！」

中庭で待っているとダニエルとフローラがやって来た。

週に2回ほどやっている日本語学科での授業は、こちらが面食らうことの方が多く、とてもすべての質問に答えることはできない。それでも特にこれから日本行きを控えている学生にとっては、日本で生まれ育った渉が参考になるのだろう。

どこで知ったのか「目から鱗《うろこ》が落ちる」「寝耳に水」などという言い方について、どうにか意味を伝えることはできたが、なぜそのような言い方をするのかなどわかるわけがない。

同様に渉にとっても不思議だったのは調味料で、「お」をつけるものとつけないものだ。塩、砂糖、味噌、醤油は、それぞれお塩、お砂糖、お味噌、お醤油で通じる。しかしコショウ、からし、油は、おコショウ、おからし、お油とは言わない。

普段は何げなく使っているが、数の数え方はもっと不思議だ。人は1人、2人。物は1個、2個。車は1台、2台。飛行機は1機、2機。船は1隻、2隻。動物は1匹、2匹。鳥になると1羽、2羽。なぜかはわからない。それぞれの数え方をおぼえるしかない。

脱線するといつも話題になるのが食べ物。今日は焼き物の話になった。焼き鳥、たこ焼き、お好み焼き、たい焼き。どれもこちらに来てから食べていない。

電車の乗り方や切符の買い方も訊かれた。でもみんなこれだけ日本語ができれば、日本に行って不自由を感じることはないだろう。

一般の人は行くことが許されていない西へ、しかもあこがれの日本へ行くことができるならば、どんなことをしても勉学に励むのだろう。

そもそもこの日本語学科の学生は、そんなことをしなくてもいいほどの知能があるのかもしれない。

渉には彼らがかけ離れた能力を持つオリンピック選手と重なって見えた。

いずれにしても一般の東ドイツ人とも、渉とも違う人たちだった。

フランクフルター通りのバーはそこそこ混み合っている。バーテンダーのパウルはいつもにこやかに迎えてくれる。そして握手が力強い。

「彼女にでもあげて」

チョコレートを渡すと大事そうにしまい、生ビールを持ってきてくれた。

「西ベルリンへ行ったのか？」

渉は黙ってうなずいた。

「大学はどう？　うまくいってる？」

「ああ、大丈夫。もう慣れてきた」

「それだけドイツ語ができれば問題ないだろ。将来は何になるんだ？」

「ゆっくり考えるよ」

涉は笑いながら答える。

「パウル、この前プラハに行ったらビールがおいしかったよ」

「おお、そうか。確かにチェコのビールは、ここのようりうまいな」

東ドイツ人でも同じソ連の衛星国、東ヨーロッパの国々ならまだ訪れることができる。パウルも行ったことがあるのだろう。

「今度の休みにまたどこかへ行こうと思っている。どこかお勧めのところは？」

「ブダペストはいいところだよ」

これは以前授業でも話題になった。ただそのとき、同様にいいと言われたプラハがビールの印象しか残らないような街だったので、あまり期待しない方がいいのかもしれない。

「ルーマニアは？」

「行くならアメリカのタバコでも買って行きな」

苦笑いしながらパウルは言った。先日のハッケッシャーマルクトのレストランでの飲み会でも言われたことだ。

「パウルはどこか行かないの？」

パウルが肩をすくめる。

「最近はちょっと厳しいんだ」

「厳しい？」

パウルはショットグラス２つを持ってきてシュナップスを注いだ。１つを渉に、そしてもう１つを一気に飲み干した。

「ああ。教会を見たことがあるだろう」

もちろん教会なら見たことも入ったこともある。ただパウルの言っていることが、このところも続いている警察との小競り合いだということがわかった。

「教会が必ず守ってくれるわけではないが、俺たちは教会に駆け込むしかないんだよ」

パウルは自分のグラスに再びシュナップスを注ぐ。

「あいつらも教会には、そう簡単に手を出せないからな」


渉は宗教にも疎い。この国の宗教がキリスト教であることはわかっているが、プロテスタントなのかカトリックなのか。そもそもプロテスタントとカトリックの違いがわからない。

ただし一部の特権階級の者が権力を握るこの国において、神を頂点とする宗教はどこか違和感があるのは確かだ。神を頂点として人間はみな平等であるのなら、特権階級など存在しないはず。

自分たちが頂点である特権階級の者にとって、宗教は自分たちを否定することになる。いっそのこと宗教を撤廃し、教会を破壊したいのかもしれないが、キリスト教はすでにヨーロッパはもちろん、全世界に浸透している。いくら独裁国家といえども、教会に手出しでもすれば世界の信者が黙ってはいない。しかも東ベルリンのすぐ隣には自由の街、西ベルリンがある。壁で隔てられているが情報は常に入ってくる。観光客も行き来している。大事があれば、それはたちまち世界に広まる。

政府に異を唱える者にとって、教会は格好の隠れ蓑《みの》になっているのだろう。

それぞれの東の街

ドレスデンに向かう朝一番の列車から見る風景は、ベルリンを発つとすぐに「無」になる。この国が栄えているのは都市部だけ。

エレナとの約束を果たしたのはすっかり寒さもやわらいだ頃だった。朝が早かったせいか、エレナは渉の肩にもたれ、眠りについていている。

エレナには言っていないが、実は渉はイースター休みの間に2度旅行していた。

ブダペストとブカレストへ。いずれも2泊3日の一人旅。

休み前にビザ申請のためサインをもらおうと担任のDr.メーベスを訪ねると、相変わらずいい顔はしなかったが何も言わずサインしてくれた。あきれていたのか、それとも今回は東ヨーロッパの国へ行くからかはわからない。

プラハのときと同様、東ドイツ国営航空インターフルークの航空券を東ベルリンのオフィスで購入。それぞれ往復2000円程度、もちろん闇両替レート価格。ビザも東ベルリンにあるそれぞれの大使館で取得した。

ブダペストとブカレスト。名前は似ているが、あまりにも対照的な街。2つの街は渉に強烈な印象を残した。


はじめに行ったのはハンガリーの首都ブダペスト。

期待して行ったプラハがビール以外は今ひとつだったので、過度な期待はしなかったせいもあるかもしれないが、みんなが勧めるのがよくわかった。

ブダ地区の王宮や漁夫の砦から見下ろすドナウ川、国会議事堂は圧巻。

ペスト地区の建物は東的で灰色がかったものばかりで、トラバントが多く走っていたのが気になったが、その息苦しさは英雄広場の空間が消し去ってくれた。それは灰色の建物が途切れ、公園に囲まれていたからかもしれない。その公園が東らしくなく整えられていたからかもしれない。

そして東にしては珍しく青空が広がっていたからかもしれない。

ヨーロッパではロンドンに次いで古いという地下鉄は、質素だが東ベルリンやプラハのそれよりはるかに衛生的だった。

メイン通りのヴァーツィ通りも中央市場も物があふれている。西側の資本がずいぶんと入っているのだろう。思わず飛びつくように買ったコーラは、下剤のような味がした東ドイツの「クルプ・コーラ」とは似ても似つかない、本物のコーラだった。ビール、ワイン、そして名物である香辛料の効いたグヤーシュ（牛肉と野菜のスープ）もおいしい。

何よりも日が暮れてからの風景。灰色の建物が目立たなくなるだけなら東ベルリンと同じだが、ペスト地区から見る王宮、マーチャーシュ聖堂は淡い光に包まれている。きらびやかではなく、幻想のように浮かび上がっている。そのブダ地区とペスト地区とを、ドナウ川に架かる鎖橋がネックレスのように輝きながら結んでいる。

それはまさに「ドナウ川の真珠」だった。

これならひょっとして、とひそかに期待しながら次に行ったルーマニアの首都ブカレストでは奈落の底に突き落とされた。みんながからかうように言っていたのは決してオーバーではない。みんなの教えを守り、東ベルリンのシェーネフェルト空港免税店で搭乗前に買ったアメリカのタバコがブカレスト到着早々役に立った。入国審査時に係官があからさまに要求してくるのだ。一箱渡すと大喜びで「次回はビザは必要ない、タバコだけでいいよ」などと言う。税関も同様だった。荷物を検査するというより、渉のバッグ内をめぼしい物がないか、めぼしい物が見つかるまで探すのだ。あきれて手さげカバンからタバコ一箱を差し出すと、たちまち笑顔になり出口まで丁寧に見送ってくれた。

プラハでもブダペストでも空港の国営旅行会社カウンターでホテルの手配をしたのだが、そんな親切なものはブカレストにはない。宿も決まらぬまま市街へ向かうバスに乗ったが、そのバスが中古などというものではない。廃車寸前、スクラップ工場から持ってきたような、動いているのが奇跡と思えるほどボロボロな車だった。

首都の中心地だというのに他の東の街同様「灰色」、ではなく灰に埋もれているかのように街が黒ずんでいる。どす黒く。

観光案内所も見つからず、途方に暮れて歩いていると銃を持った兵士5人に囲まれた。ここでも役に立ったのがアメリカのタバコ。それまでは敵意を剝き出しにしていたが、一箱差し出すと突然友好的になり全員が握手を求めてきた。左手にはめていた腕時計がなくなっていることに気づいたのは1時間以上経ってからだったが……。兵士の1人が30分以上歩いて、とあるホテルまで案内してくれた。当然のようにタバコがもう一箱必要になったが。

なぜルーマニアに行ったかというと……、コマネチだ。子供の頃、あれはモントリオールオリンピックだったと思う。金メダルを独占し、「白い妖精」と呼ばれた体操選手。あんな美人がいっぱいいると想像していた。しかし人々の貧しさは東ドイツの比ではない。

夕方になり灯りが目につき、入ったレストランは混み合っていたが、ウエイターは渉を見るとその服装で西の者とわかったようで、それまで座っていた客を追い出し、すぐに席を用意してくれた。ビールと一緒に出てきたのはスープとパンだったのだが、どれもひと口で終わらせてしまった。それ以上は食べる気も起こらないような代物だった。5ドルを要求されたが、手持ちにドルはないので10西ドイツマルクを置いてきた。異常に高い食事だったが、早くその場を去りたかった。

チェックイン時にはわからなかったが、すっかり日が暮れてから戻ったホテルの部屋は、ベッド横のスタンド以外は電気がつかない。シャワーは、当然のようにお湯は出ない。そして暖房も効かない。それにしても寒いと思い、よく見ると、バスルームの窓にはガラスが入ってない。外の空気がそのまま入ってくる。すぐにフロントに行き、文句を言ったが肩をすくめるだけ、予想通り何もしようとしない。服を着込んで寝るしかなかった。

2日目に郊外のブラショフという街へ行こうと乗った列車は、前日空港から乗ったバスに負けずボロボロ。座席のクッションは下からバネがとび出し、肘掛けは取れて床に転がっている。比較的まともな席を見つけ、やれやれと腰を下ろし寄りかかると、背もたれがそのまま崩れるようにどこまでも後ろに倒れていく。ギャグだった。子供の頃見たザ・ドリフターズのギャグそのものだった。

途中駅で乗ってきたのはホームレスの団体のようだった。どう見てもホームレスだった。ホームレスそのものだった。服はところどころ破れていて、擦り切れた靴は左右で違うならまだしも、片方しか履いていない、両方とも素足の者もいる。誰もが強烈な悪臭を放っていた。

3日目、逃げるようにブカレストを発ち、ベルリンに着いたときは心底ホッとした。東ベルリンなのに。

ルーマニアは強制両替の額も大きかった。チェコスロバキアよりも、ハンガリーよりも、東ドイツよりも。それは国が貧しい証拠だった。慢性的な財政難で、喉から手が出るほど外貨が欲しいのだろう。いっそのこと強制両替など廃止し、国を整え、開放し、観光客を誘致した方がよっぽど経済が潤うはず。しかし現状では恥をさらすだけ。そこで国を閉ざし、ときどき訪れる物好きな外国人観光客から強制的に外貨を奪おうとしている。苦肉の策だろう。

これが独裁国家だと渉は思った。国民は衣服も食べ物もままならない中、大統領であるチャウシェスクは大宮殿で贅沢三昧の生活をしている。国民を死に至らしめてでも自分の特権だけは死守する。

国民はただ運が悪いだけなのか。

いつか変わっていくのだろうか。

ノンストップで直行すればもっと早く到着するはずだが、ベルリンを発ちドレスデンへ向かう列車はなぜか途中でよく停まった。途中駅での停車時間が長かったばかりでなく、何もないところでもなぜかよく停まった。確かにところどころ単線になっていて、通過待ちもあったがそれだけではない。乗務員の休憩時間だったのだろうか。

すれ違う貨物列車を窓の外に見ていたとき、渉は思わず声を上げそうになった。殺風景な景色の中を行くその貨物列車は、てっきり車を載せているのだと思い、何げなく見ていたのだが、よく見ると車ではない、戦車だった。何十台もの戦車が貨物列車で運ばれている。

そう、ここは日本ではない。東西冷戦真っ只中にある国。エレナは眠っているが、この光景を見ても驚かないのかもしれない。


ドレスデンには予定より1時間近く遅れて到着した。

ドレスデン。ザクセン州の州都。東ドイツではベルリン、ライプツィヒに次ぐ第三の都市。かつてはベルリン、プロイセンとともに宮廷文化が栄えた街で、バロック様式の街並みは「エルベ河畔のフィレンツェ」とも言われた。しかし1945年2月の連合軍による爆撃で焦土と化している。

ムダに大きく当然のように黒ずんだ中央駅から2人は歩いて旧市街へ向かっている。

エレナは幼い頃、両親と妹と、家族で船の旅をしたときにこの街に立ち寄ったという。

列車から見たのと同じような何もない風景の先に、大きなバロック様式の建物がそびえている。

たどり着いた広場の中心に騎馬像があり、そこから見る四方は見事だった。ゼンパー・オーパー（州立歌劇場）、ツヴィンガー宮殿、大聖堂、ドレスデン城。

エレナは訪れた当時を思い出しているのだろうか、それぞれの建物を時間をかけて丁寧に見つめている。

ただし、ここも東の街だった。すべてが灰色がかっているのならまだしも、中央駅同様、多くの建物が黒ずんでいる。トラバントの排気ガス、石炭を燃料とする暖房のせいもあるが、建築材料の砂岩が含む鉄分は酸化すると黒ずんでくる。常に磨いていなければやがて真っ黒になる。

ほとんどが第二次世界大戦後に再建されたもの。同じ砂岩を使った建物でも、ここまで黒ずんだ建物は西にはない。渉はここでも東西の差を感じていた。

ブリュールのテラスから眺めるエルベ川の向こうのバロック宮殿風の建物もいかにも共産主義的でどうも好きにはなれない。

「これだけはオリジナルなの。戦争でも被害には遭わなかったのよ」

城の壁画「君主の行列」を見上げている渉にエレナが言った。

「壁のタイルがマイセン磁器でできているの。爆撃の余熱で建物が次々と崩れ落ちる中、熱に強いマイセン磁器だから生き残ったのよ」

君主の行列を過ぎると、東ベルリンのパラストホテルのような少し場違いな近代的な建物がある。ここもホテルだ。それが西側外国人専用のホテルだということは、2人にはすぐにわかった。

さらに歩くと瓦礫の山。そこには看板がある。

「『フラウエン教会』 1945年2月の爆撃で破壊される。反戦、平和のシンボルとしてここに残す」

涉は西ベルリンのカイザー・ヴィルヘルム記念教会を思い出した。同じ反戦のシンボルとして当時のまま残されているといっても、カイザー・ヴィルヘルム記念教会はもっと整えられている。戦争の被害を残しながらも、安全に衛生的に管理され補修されている。しかし目の前の瓦礫の山は何の手も加えられず、破壊された当時のまま放置されているだけだ。それが教会であったのかもわからないのは単に被害の程度なのだろうか。反戦、平和のシンボルと言うならばもう少し管理するべきだろう。これではどう見ても費用がなくてそのまま放置しているとしか思えない。再建とは言わなくてももう少しきちんとすればと思うのは、やはりこの国では無理なことなのか……。

この国の街にさほど期待したわけではないので、まぁこんなものかと思っていたのだが、最後に立ち寄ったツヴィンガー宮殿内の絵画館には圧倒された。

＊＊＊

実は涉は美術は苦手ではない。他の分野ほど疎くない。というよりきっと得意分野だ。ルネッサンス三大巨匠はすぐに名をあげることができる。印象派の画家も10人くらいは。

東ベルリンの博物館島にある美術館には、エレナと一緒に行った後も何度か1人で行っている。

ブダペストでは西洋美術館を訪れた。

1人なら自由に鑑賞できる。好きな絵の前に好きなだけとどまることができる。渉はその絵に描かれた主人公よりも、その周りや背景を注視するのが好きだった。そして作者自身や、描かれた時代を勝手に想像するのが好きだった。それは空想、瞑想のひととき、渉にとっては現実から離れることができる時間だった。

観るだけではない、描くことも好きだった。中学のときの美術の先生を今でも思い出す。「目の前のものをそのまま描き写すのではなく、思ったまま、感じたまま、好きなように表現しなさい」というのがその人の教えで、丸い物でも四角に見えれば四角に、赤い物でも青く描きたければ青く描けばいいと言う。数学のように明確な答えがあるのではなく、渉にとっては自由に打ち込める時間だった。

＊＊＊

レンブラントやルーベンスの作品がなぜここツヴィンガー宮殿のアルテ・マイスター絵画館に、これほどあるのだろうか。ヴェロネーゼやボッティチェリもある。作品が少なく希少価値のあるフェルメールの絵が2点もある。

何よりも驚いたのはラファエロの「システィーナのマドンナ」。まさかここに展示されているとは思わなかった。想像以上に大きなこの絵は、主人公のマドンナよりも足元の2人の天使が有名になってしまった感がある。しばらくかぶりつきで観ていた渉の口が開いた。目が慣れてくるとマドンナの周囲、それはただの空間としか描かれていないと思っていたが、そこからいくつもの天使の顔が浮かび上がってきたのだ。この衝撃はここに来て、この実物を、こうして間近で、こうしてある程度の時間をかけて見つめ続けた者にしかわからない。何も気づかず次の絵へと進んでしまう者もいるだろう。

なぜ東ドイツの地方都市にこのような作品がそろっているのか。今ではこんな国のこんな街なのだが、それはかつてのザクセン王国の力の証しだった。

時代は変わっていく。時に良い方に、時には悪い方にも。

「システィーナのマドンナ」

夕方発のベルリンへ帰る列車に合わせ、渉とエレナは旧市街を後にした。

乗った車両は来るときと同じ自由席なので、かなり早めに乗り込んだのだが徐々に混み合ってきた。2人ずつ向かい合った席に、渉とエレナは進行方向に向かい横並びに座っていると、出発間際になって2人の前に親子連れが座った。10歳くらいの男の子と父親。男の子は渉のことを遠慮なくマジマジと見つめ、そして父親に訊いた。

「ベトナム人？　中国人？」

「この人は日本人よ」

エレナの言葉に、男の子は少し間をおいて笑みを浮かべた。

しかし父親は「そんなはずはない」と黙って首を横に振る。珍しいことではない、これまで何度もあったことだ。

「日本がわかるかな」

渉はそう言って男の子に学生証を見せた。語学コースの学生証には国籍も明記されている。横からのぞき見た父親は驚きながらも笑顔になる。この人も日本人に会ったのははじめてなのだろう。

「フンボルト大学で勉強しているのですか？」

「はい」

父親の質問に渉は笑顔で答えた。男の子も笑顔のまま。この子は日本のことをどれくらい知っているのだろうか。

「専攻は何を？」

「今はドイツ語を習得しています」

父親は渉のドイツ語を褒めてくれた。

「この人は大学で日本語を教えてもいるんですよ」

エレナが言うと、通路の向こうに座る2組の老夫婦から声がかかった。

「君はプロフェッサー（教授）かね？」

「いいえ、日本語を勉強している学生がいるので、彼らのために週2回ほど授業を持っています」

「ほう、それは大したものだね」

他の3人も笑顔で渉を見ている。

「俺も日本語を勉強したいなぁ」

「もう遅いわ、あんたみたいな年寄りじゃ」

「年寄りで悪かったな、ひとつ年上のわが妻よ」

渉もエレナも笑いながら聞いていた。

「ドイツ語はヨーロッパで一番通用する言葉よ」

老婦人が言ったヨーロッパとは、もちろん東ヨーロッパのこと。渉にもそれは理解できる。以前行ったプラハ、ブダペスト、ブカレスト。3カ国の首都ではいずれもドイツ語が問題なく通じた。

ソ連の衛星国である東ヨーロッパの国々では英語は禁止ではないが、敵対するアメリカ、イギリスの公用語だ。学校でまず学ぶ第一外国語はロシア語。しかし学ばされていると言った方が正確で、自分たちに不自由を強いている親玉の国の言葉は好まれていない。誰もが嫌々やっている。ドイツ語はというと、東ドイツだけでなく西ドイツ、オーストリア、スイスなど、あこがれの西ヨーロッパの国々の公用語でもあり、学ぼうとする人は多い。

そして第二次世界大戦時、ドイツは東ヨーロッパの大部分を占領していたため、ドイツ人の血を引く人が多いのもドイツ語が通じる理由のひとつだろう。

老夫婦2組は途中駅で降りる際、渉に握手を求めてきた。

「私たちはずっと昔からの仲間じゃないか！」

一方の主人の言葉に、渉は以前も同じようなことを言われたのを思い出した。

「昔って……、やはり同盟国時代のことか。そんなこと言われても……」と思いながら、ちょっとおかしくなった。

するともう一方の主人も渉の手を強く握りながら言う。

「この前は変なやつを仲間に入れたから失敗したが、今度は2人だけでやろうな！」

渉は考えた。理解するのに時間がかかった。

「『変なやつ』って？　もしかしてイタ……？」

ベルリンに着いたときはすっかり日が暮れていた。エレナを寮のある東駅まで送ろうと乗り換えたSバーンが、アレキサンダー広場にさしかかったときだった。2人の目が窓の外に釘づけになった。

光の波ができている。マリエン教会を中心に、この広大な広場全体に光の波ができている。それが何かはしばらくわからなかった。ただしそれが幻ではないことは、同じように驚きの目で窓の外を見つめているエレナでわかった。他の乗客も無言で見つめている。

人だ、人。大勢の人が蠟燭《ろうそく》を持って集まっている。それぞれが持つ蠟燭《ろうそく》の炎が揺れて波になっている。

それははじめて見る光景だった。大勢の人が集まっている。祈っている。大勢の人が集まり、祈りを捧げている。

季節はいつものように流れている。ただしそれだけではない、時代が動きだしていた。

東ドイツの人々の導火線にはすでに火がついていた。

ブルックナー

その日の午後、ヴァルザーの発音の授業を終えると、みんなそれぞれの方向に分かれて行った。

まだ涼しいし、朝晩は寒いこともある。それでもザハールやパベル、ライサは上着を持たず、ずっとシャツ姿。肉づきもいいから体感温度も違うのだろう。

涉はアレキサンダー広場近くの本屋に向かった。

昨日の3時限目の授業を終え教室を移動すると、セーターにズボン姿のブルックナーが待っていた。一時は元気がないように思えたのだが、前回の共和国宮殿内のカフェでの個人レッスンでは、会話も弾み、よく笑っていた。

「明日は久しぶり家に来なさい」

「はい」

もともと個人レッスンのために空けていた日だ。おいしいワインと料理があると思うとワクワクする。

涉は指定された時間まで、ここで立ち読みでもするつもりだった。

本屋といっても日本のそれとはかなり異なる。本の数はもちろん、そもそも本屋そのものが少ない。

「自由のない国」では、国の方針に合わないものは排除される。涉がいつか検問所で没収された西の雑誌も「不都合なもの」なのだろう。

西が発展していることがわかってしまうからだろうか？

東が後れていることがわかってしまうからだろうか？

制限を設けることなど、自分たちの非を認めているようなものだ。何をやっても情報は常に行き交う。完全に封じ込めることなどできるわけがない。

フンボルト大学前のウンター・デン・リンデン通りの向こうにはベーベル広場がある。かつて、ナチスに扇動された学生たちが「不都合な書物」２５０００冊を燃やしたところだ。戦争が終わっても東ドイツは同じようなことをやっている。


1時間ほど潰した後、電車に乗り、ブルックナーの自宅があるシェーネヴァイデに向かった。ブザーを押すと、トレーナーにスウェットのような少しダブついたズボン姿のブルックナーが笑顔で迎えてくれた。

前回あったような鮮やかな花は今日は飾られていない。テーブルにはワインボトルが1本と、その横にはビール瓶もある。ワインは開いていてビールは空になっている。ブルックナーはもう飲んでいるようだ。皿の上にはチーズとサラミが簡単に盛りつけられている。他にごちそうは見当たらない。ブルックナーは台所からグラスと大きなパンを持って来た。

「さぁ、このワインおいしいのよ」

ひと口飲んだその白ワインは前回同様口当たりが良く、いい香りがしたが、渉は部屋の様子が以前と変わっていることに気づいた。テレビはある。本棚も冷蔵庫もそのままだ。ただし部屋が広くなったような気がする。花瓶だけじゃない、物が少なくなっているようだ。

「渉、あなたはもうすっかり慣れたのね」

「はい、最初よりは」

「ドイツ語もずいぶん上手になったわ」

「でもクラスのみんなと比べると、まだ劣っているかな」

「そんなことないわ、もう大丈夫よ」

日本と違ってこちらではお世辞や謙遜はない。

「だとすれば、先生がこうして個人的に教えてくれたおかげです」

ブルックナーは笑顔で自分のグラスにワインを注ぐ。

「これからはどうするの？」

「そろそろ進路を決めようと思います」

「まだこの国にいるのよね」

「はい、そのつもりです」

ブルックナーは渉にワインを注ぐと、また自分のグラスに注ぐ。今日はペースが速い。

「先日はドレスデンに行ってきました。先生の故郷のエアフルトにもいつか行ってみたいです」

「しょせん東の街よ」

吐き捨てるように言ったブルックナーの言葉が、ドレスデンのことを言ったのか、エアフルトのことを言ったのか、それとも両方のことを言ったのかはわからない。

「ブダペストはとてもいい街でした」

涉が言うとブルックナーはそれまでと違った素直な笑みを浮かべた。それまでが作り笑いだったのがはっきりわかるほどの。

「涉、私は近いうちにブダペストへ行こうと思っているの」

涉も素直にうなずく。あの街ならまたいつでも行ってみたい。ブカレストは二度とごめんだが。

「ブダペストへ行くと希望がわいてくるのよ。ドナウ川が未来へと流れているように思えるの」

涉にもそれは理解できた。ブダペストは前へ向かって進んでいる街。東ドイツの人々にとっては、より強く感じられるに違いない。

ブルックナーはワインを飲み干すとパンをナイフで切りはじめた。

「西ベルリンはどうだったの？」

ブルックナーに西ベルリンへ行ったことは話していない。きっと担任のメーベスか助手のコリツキーから聞いたのだろう。

涉は何をどこまで言ったらいいのかわからない。しばらく黙っていたが、別の話題を口にした。

「先生、この前アレキサンダー広場で不思議な光景を見ました。大勢の人が集まり、蠟燭を灯していたのです」

エレナと見たあの光の波のことを言った。

「私もそこにいたのよ」

あの光の波の中にブルックナーがいた。あれはいったい……。涉は再び黙り込む。

ブルックナーは冷蔵庫から新たなワインを持って来た。

「私もいろいろ考えているの」

笑ってはいるが、その目はどこか寂しそうだ。

「もう個人レッスンは必要ないわね」

そう言って、またワインを一気に飲み干す。

「失礼するわ」

ブルックナーが立ち上がり洗面所に向かったとき、渉は気づいた。写真がない。本棚から写真がなくなっている、ブルックナーの姪の写真が。ブルックナー自慢の、誰が見てもかわいいあの姪の写真が。


戻ってきたとき、ブルックナーはバスローブ一枚だった。その下に何も身に着けていないことはすぐにわかった。

大きな目で渉を見据え、ゆっくりと近づいてくる。すぐそばまで来たブルックナーの瞳は揺れていた。そして渉に腕を回し、自分の身体に力いっぱい引き寄せた。

渉は何も言わなかった。いつものように何も言えなかっただけだ。

ブルックナーを抱きしめることはしなかったが阻みもしなかった。

何もできなかった。ただ身をまかせていた。

バスローブが床に落ちるのとほぼ同時に、ブルックナーは静かに灯りを消した。

翌日ブルックナーは大学にいなかった。次の日も、その次の日も。

担任のDr.メーベスをはじめ、大学側はブルックナーのことを何も言わない。渉はメーベスに訊いてみたが、

「あなたは学業に専念しなさい」

予想通りの返事だった。

助手のコリツキーにも訊いてみたが苦笑いするだけ。

単語の授業はレヒナーという中年の女の先生が受け持つことになった。ブルックナーはその存在がはじめからなかったかのようだった。

そんなとき西のラジオ放送が衝撃のニュースを伝えた。

1989年5月2日、冷戦の象徴である東西ヨーロッパを真っ二つに分けていた「鉄のカーテン」の一部が崩れたのだ。ハンガリーがオーストリアとの国境にある鉄条網を撤去したのだ。東ドイツ国民をはじめ、東ヨーロッパの人々は自由を求めハンガリーへ向かった。そして国境を越え、自由の国オーストリアの地を踏みしめようとした。

誰もが西へ向かおうとしていた。その一方で国は、どうにかそれを阻止しようとしていた。

渉はブルックナーが近々ハンガリーの首都、ブダペストへ行くと言っていたことを思い出した。

ブルックナーはすべてを覚悟していたのだろうか。今、まだこの東ドイツにいるのだろうか。それともすでに自由をかみしめているのだろうか。姪の写真を握りしめながら。

渉は寮に戻るとレクリエーションルームに行き、テレビを見ることが多くなった。部屋でもラジオを聞く時間が長くなった。西からの放送は各地の様子をリアルタイムで伝えてくる。情報が統制されている東では、真実は常に西からしか伝わらない。

東ドイツでも各地で民主化要求デモが行われるようになったという。人々は教会を中心に集まり、蠟燭を灯し祈っていた。ブルックナーもそうしていたように。

ラジオはヨーロッパから離れたアジアでの動きも伝えた。中国の首都、北京でも民主化要求デモが日に日に大きくなっていることを。

大学生活は変わらなかったが、クラスではちょっとした変化があった。北朝鮮4人組がいなくなったのだ。ある日突然、大学に来なくなってしまった。このことについてもメーベスは何も言わなかったが、コリツキーは教えてくれた。

「帰国したのよ」

それは母国からの帰国命令だった。東ドイツよりも厳しい独裁体制が敷かれている北朝鮮では、東ドイツのこの変化を危険とみなしたらしい。留学生全員を帰国させた。命令に背くことはできない。仮に亡命などしようものなら、北朝鮮に残っている家族が強制収容所に入れられてしまう。

「残念そうだったわ。彼らにとってこの国は天国だったのに」

コリツキーの言葉が信じられなかった。この東ドイツが天国？　ならば北朝鮮はいったい……。

「私は北朝鮮に行ったことがあるからわかるのよ」

コリツキーはそうつけ加えた。

「もう5年ほど前になるわ。研修で3カ月ほど行っていたの。それは……」

渉は黙って次の言葉を待った。

「それは……」

コリツキーは自ら言葉を遮るように首を横に振った。その顔は苦虫を噛みつぶしたように苦しそうだった。

男

渉はシャワーを浴びた後、翌日の準備を整え、そろそろ寝ようかと思っていたときだった。いきなり渉の部屋のドアを叩く音がした。ノックではない。誰かが激しくドアを叩いている。624号室のブザーは鳴らなかった。624号室入り口には凄まじい音がするブザーがある。個室は渉、シリア人のアサム、もうひとつは渉が来たときから空き部屋だ。いきなり部屋のドアを叩く、ということは624号室の鍵を持っている者、渉の他にはアサムしかいない。酔っているのか？

いや、アサムは酒を飲まない。

　部屋のドアを開けると男が立っていた。190センチはあるだろう、かなり大柄で恰幅もいい。黒いスーツ姿でネクタイはしていない。神経質っぽい顔つきはドイツ人そのものだ。

　男はしばらく渉を睨んでいた。こんな時間にいきなり何だと渉も睨み返す。そのとき男の後ろに管理人のおやじがいるのが見えた。おやじがマスターキーで入り口のドアを開けたのだろう。大きな音に気づいたのか、アサムも部屋から顔を出している。男は大学関係の者なのか？

　次の瞬間、渉は思った。「この男だ！」いつか部屋に立っていた男だ。そう、あれはパウルのバーにはじめて行って飲み過ぎた日の夜中だった。夢かもしれないと思っていたが、あれは夢ではない。黒い服を着た大柄な男が、いつの間にか部屋に入り、寝ている渉を見下ろしていた。そしていつの間にかいなくなった。この男だ、間違いない。

「お前何している？」

　威嚇するような強い口調で男が言った。

　何をしているもクソも、こんな時間にいきなりやって来たお前こそ何している。渉は再び男を睨んで言った。

「寝ようと思っていたところだ。何か用か？」

男は何も答えず部屋に入り込んだ。しばらく中を見渡し、渉に向き直り睨んだ後、部屋を出て行こうとした男の足が止まった。視線の先にはいつものように西からの放送が流れているラジカセがある。渉がこの街にやって来る直前に西ベルリンで買ったラジカセだ。男がまた渉を睨む。

「西の放送は聞くな！」

返事をしない渉に男は繰り返した。

「西の放送は聞くな、いいな！」

威圧的な命令口調には答えず、渉は男を睨み返した。男は渉の部屋を出て６２４号室のドアを乱暴に開けて出て行く。管理人のおやじがそれに続いた。


街では相変わらず毎日のように小競り合いを目にする。

西からの放送は東ドイツ人の亡命が日に日に増えていることを伝えていた。

ハンガリー・オーストリア経由だけでなく、東ヨーロッパ各国の西ドイツ大使館に駆け込んでいるという。

東西ドイツの間に国交はない。お互いが「我こそが真のドイツ」と言い張っているかのように。

西ドイツの首都ボンに東ドイツ大使館がないのと同様、東ドイツの首都東ベルリンに西ドイツ大使館はない。

ただし東ドイツは西ドイツ以外の西ヨーロッパ各国と国交があるのと同様、西ドイツは東ドイツ以外の東ヨーロッパ各国と国交がある。もちろん決して友好関係とは言えないが。

つまり西ドイツ以外の西ヨーロッパ各国の首都に東ドイツ大使館があるのと同様、東ドイツ以外の東ヨーロッパ各国の首都には西ドイツ大使館がある。

自由を求める東ドイツ人にとって西ドイツに亡命するには、目の前の壁を越えるという手段があるが、これは命を懸けることになり、あまりにもリスクが高く、今日では成功の可能性はほとんどない。そこで東ヨーロッパ各国の首都、ポーランド・ワルシャワ、チェコスロバキア・プラハ、ハンガリー・ブダペスト、ブルガリア・ソフィア、ルーマニア・ブカレストの西ドイツ大使館に駆け込んでいるという。もちろんこれは以前から考えられた手段で、警備態勢は厳重だったはず。しかし押し寄せる亡命者を各国とも抑えきれなくなっているらしい。

もしこのままいけば今度は東ドイツ政府が国民の出国を許さなくなるだろう。東ドイツ人は東ヨーロッパの国々へ行くことさえ難しくなる。しかし政府が厳しくすれば国民も黙ってはいまい。小競り合いどころではなく、より大規模なデモに発展していくだろう。


大学はそのまま続いた。

ただし今までとは違う雰囲気が常につきまとった。講師たちもよそよそしくなり、最近ではクラスのみんなもどこかおかしい。無理もない、それぞれ母国が気になっているのだろう。授業が終わるとエレナと一緒に過ごすことは変わらなかったが、みんなで飲みに行くことはなくなった。

そしてプーミがいなくなった。北朝鮮4人組に続いてラオスから来たプーミも。4人組のときは特に何も思わなかったが、プーミがいなくなったことは渉に軽い動揺を与えた。これで渉は大学一のバカになってしまった。それにあの人懐っこい笑顔も、もう見ることができない。

朝、授業がはじまる前にDr.メーベスが注意を促した。

「外での行動は十分注意しなさい。集会などには一切参加しないように」

渉には昨夜からの西のラジオ放送で、メーベスが言おうとしていることがわかった。

1989年6月4日、中国・北京の民主化要求デモが武力制圧され、多数の死傷者が出たという。

中国と同じく民主国家ではないこの国の政府も何をするかわからない。留学生を預かっている立場として、大学側から注意を促すように命ぜられたのだろう。

あの男の「西の放送は聞くな！」というセリフを思い出すこともあるが、渉には従うつもりなどさらさらなかった。

そしてこの日、ラジオは大々的に伝えていた。ポーランドの選挙で独立自主管理労働組合（通称・連帯）が共産党に圧勝し、非共産主義政権が誕生するという。

東ヨーロッパ各国の特権階級の者たちは静かにたたずんでいるのだろうか。

それとも動かそうとしているのだろうか、重ね続けた嘘に怯え、硬直する身体を。

マウアーの授業も以前のように意見は活発には交わされなくなった。半分以上の意見を言っていた北朝鮮4人組がいなくなったのも理由だが、渉も「何が何でも意見を言わなければ」とは思わなくなった。

この日のテーマは「東ドイツが受け入れている外国人労働者」について。つまりベトナム人。この国に来てから出会うアジア人は日本ではまずお目にかかれなかった。4人組の北朝鮮、ブーミのラオス、そして圧倒的に多いベトナム人。

もちろんソ連人、ポーランド人、チェコスロバキア人、ルーマニア人などのアジア人以外の外国人も。そして東ドイツ人にも日本で出会うことはない。そもそも彼らは日本に来ることができない。特権階級の者以外は。

日本からこの国にやって来た渉が例外中の例外なだけなのだが……。

世界は西と東で真っ二つに分かれている。

同じく共産党政権のベトナムは、経済状態が劣悪で食料もままならない。このままでは飢え死にしてしまうと、国民の中には質素な木製ボートで脱出し、国を捨てる者がいた。この「ボートピープル」と呼ばれた人々の一部は日本にも流れ着いている。

この国に来た当初、そのベトナム人の多さは渉を驚かせた。とにかくあちこちにいる。ヨーロッパ人にはアジア人はみな同じに見えるのか、渉もベトナム人と思われたことは頻繁で、時にはベトナム人からベトナム語で話しかけられたこともあった。

マウアーは貧困国を助けていると東ドイツを称えるのだが、この国のビールを飲んでいるようで、いつにも増して味気なさだけが残る。

以前のような疲れは残らないが、何とも虚しく思えてならなかった。

授業の後、エレナとハッケッシャーマルクトに向かった。これまではクラスのみんなと行くことが多かったレストランで、2人っきりで乾杯する。

「エレナはいつまで語学コースにいるの?」

自分がよく訊かれることを、渉はエレナに訊いてみた。本当は「いつまでこの国にいるつもりなの?」と訊きたかったのだが。

「私はもともとドイツ語を勉強することが目的だったから」

将来は母国でドイツ語の教師になると言っていたのを渉はおぼえている。

「渉はどうするの?」

「まだエレナほどドイツ語がうまくないから」

「そんなことないわよ」

ブルックナーも同じようなことを言ってくれた。

「そろそろ考えている」

「えっ?」

「何かを専攻しようかなって」

「まだこの国にいるのよね」

訊こうと思っていたことを、逆にエレナから訊かれてしまった。

「うん」

エレナが微笑んだ。

「エレナ、ポーランドでは政変があったよ」

エレナはどこまで知っているかわからない。こんなことを言うべきかどうかも。

「中国は大変ね」

エレナは知っていた。知らないはずはないだろう。そして自国チェコスロバキアのことも気になっているのだろう。

「ベロニカやアンナは帰らないのかな」

ポーランド人のベロニカとアンナはいつもと変わらない様子だった。ただし母国の民主化が進めば、いつまでもこの国にとどまることはないだろう。2人だけじゃない。東ドイツ人と結婚しているルーマニア出身のモニカは別として、ザハールらソ連人、ブルガリア人のニーナ、そして目の前にいるエレナも。

母国で歴史的な革命が起きようとしている。そして夢にまで見た自由が訪れようとしている。そんなときに異国で学生生活に励んでいられるだろうか。


アレキサンダー広場の駅でエレナと別れた後、渉はちょっとした不安に駆られた。自分だけが取り残されてしまうのではないかという不安に。みんなはこの不自由な東ドイツを見限り、自由になった、あるいはなるかもしれない母国へ帰ってしまうかもしれない。

おかしな話だ。自由の国からこの不自由の国に勝手にやって来た渉は、いつでも自由の国へ戻ることができる。それなのにこの不自由な国にひとり取り残されやしまいかと不安になっている。なぜこの国に執着しているのか、渉は不思議に思うことがある。なぜ自分はこの国にとどまろうとしているのか？

こんな国など見捨てて西へ行けば、日本に帰れば、自由で豊かな生活が待っている。

なぜ？

仲間たちに愛情があるのは間違いない。

いつの間にかこんな生活に愛着を持ってしまったのだろうか。この国でもがいている自分に対しても。

それとも不自由に縛られることに快感をおぼえるようになってしまったのか。もしかすると、変わろうとしているこの国を見届けようとしているのかもしれない。たとえそれが失敗に終わったとしても、その結果を自分の目で見届けようとしているのかもしれない。そしてもしかすると、この国を変えようとしているのかもしれない。東ドイツの人々とともに。

渉にはもうひとつ気になることがあった。理美から手紙が来ないのだ。理美がベルリンに来る前は毎月何通か届いていたが、帰国後は途絶えている。

きっと大学生活が忙しいのだろう。でもひょっとして……、渉は思った。検閲がより厳しくなっているのではないかと。西側とのやり取りはこれまでのように中身をチェックされるだけでなく、完全にシャットアウトされているのではないかと。理美からの手紙は渉に届かず、理美の帰国後2度ほど出した渉の手紙も理美に届いていないのでは……。そう思ってブダペストからハガキを出したのだが、より確実なのは西ベルリンから出すことだろう。

いつものようにシュトルコバー通り駅で電車を降り、寮に向かって歩いていた。寮が近づくと何か騒々しい。入り口にはトラバントではない、見慣れない大きな黒い車が2台停まっていて人混みができている。すると中から誰かが出てきた。3人組だ。中心にいる女は上半身裸でタオルをはおっているだけ。寮に住む学生だろうか、どこかで見た女だ。片側を男、もう一方を女に挟まれ連行されているようだ。車に押し込められた。何をしでかしたのか？　不思議に思いながら中に入ろうとすると、また人が出てきた。黒いスーツを着た２人の男に挟まれ、今度は背の高い男が連行されている。上半身裸で何もはおっていない。

「ヤニス！」

渉は思わず叫んだ。ヤニスに聞こえたかどうかはわからない。ヤニスは渉を見なかった。その代わり、ヤニスを連行している男の1人が渉を見た。あの男だ。先日突然部屋にやって来たあの男。男は渉を睨んだ、あのときと同じように。そして目をそらすその瞬間、ほんの一瞬笑ったような気がした。ヤニスはもう1台の車の後部座席に乱暴に押し込まれると、その後に男が続いて乗車した。２台の車は発車するとたちまちスピードを上げた。

「何があった?」

渉はすぐ近くにいる学生に怒鳴るように訊いた。

「シュタージだよ。俺たち外国人にまで手を出すとはな」

人混みの奥に管理人のおやじを見つけた。

「どういうことだ！」

渉は今度は本気で怒鳴ったが、おやじは住まいの方へ足早に消えてしまった。

渉はレクリエーションルームへ急いだ。プラクシーが心配だった。故障していることがほとんどのエレベーターには見向きもせず階段を駆け上がった。

誰もいない、なぜかテレビまでなくなっている。

プラクシーの部屋に走った。一度しか行ったことはないが、レクリエーションルームと同じ8階だったはずだ。

ブザーを立て続けに3度押すとスラブ系の男が出てきた。寮内で何度か会って挨拶を交わしたことがある。ここも渉の624号室同様3つの部屋がある。そのひとつに住んでいる学生だった。

「プラクシーは！」

「さっき連れていかれたよ」

「シュタージか？」

「ああ、女も一緒に」

プラクシーもやられてしまった。

涉はできるだけ情報を集めようとした。ただし誰も多くを語ろうとしなかった。

管理人のおやじは渉を見ると「今日は忙しい」と足早に住まいに入ってしまう。

レクリエーションルームにも何度か足を運んだが誰もいない。テレビがなくなってはレクリエーションルームではない。もちろんヤニスやプラクシーのようにガールフレンドを連れ込むのなら別だが。西のニュースを見ないよう、東ドイツの現状を知られないよう、シュタージがテレビを持って行ってしまったのだろう。

東ドイツ人と同棲していたアサムも最近は1人のようだ。恋人のシモンをこのところ見かけない。

「おとなしくしていた方がいい」

624号室のドアを開け部屋に入ろうとしている渉にアサムはそう言うと、「お祈りの時間だ」とすぐに部屋に戻ってしまった。

渉は言いようのない恐怖を感じた。


民主化要求デモは東ドイツ全土に拡大し、その規模も日に日に大きくなっていった。それは西のラジオから得る情報としてだけでなく、生活の中で実感できた。はじめは街の中心であるアレキサンダー広場のマリエン教会を囲む程度だったものが、やがて広場を埋め尽くすようになり、今では広場からあふれ出ている。

それに従って当然ながら警戒、監視、取り締まりは厳しさを増していった。

この国は民主国家でないのはもちろん、法治国家とも言い難い。もちろん法律はあるが、西側のような民主的な法治国家ではない。国の力が絶大で、法律そのものが国民よりも国の方を向いている。いざとなれば法律を変えることも、法律を無視することも可能なのだろう。

ヤニスもプラクシーも戻ってこなかった。誰も多くは語らなかったが、ギリシャに帰国させられたというのがもっぱらの噂だった。2人がなぜ拘束されたのか、確かなことはわからない。何人もの東ドイツ人の女性と親密になっていることが、この国にとっては面白くなかったのかもしれない。

涉はこの国を出て行くときは、あくまでも自分の意思で自らこの国を去りたかった。誰かに強制的に追い出されたくはない。こんな国の言いなりになるなどごめんだった。

そんな中、大学は比較的穏やかに続いている。

やはり大学に勤務する者も東ドイツ人の学生もこの国に忠実なのか。

授業も通常通り行われ、週末になれば休みになり、週が明ければまた大学がはじまった。

ただしベロニカとアンナは戻らなかった。先週はじめに「少しの間帰郷する」と言うので抱き合って再会を約束したのだが、やはり戻らなかった。それは仕方ないことだと思う。涉だけではない、みんなもどこかで覚悟していた。大きく民主化に進むポーランドで、2人とも今頃は自由をかみしめているのかもしれない。

2人だけではなかった。やがてパベルとライサもいなくなった。いずれもモスクワに帰ったまま戻らなかった。

授業は続いたがクラスの人数は半分近くになってしまった。次は誰がいなくなるのか、みんながそう思うようになっていた。

そしてやって来ることになった、ミハイル・ゴルバチョフが。

激変

それは荒馬のようだった。

自由を知らない、怒りのやり場を見つけられない荒馬が駆け上がろうとしていた。

高く、どこまでも高く駆け上がろうとしていた。


人の波が、息づかいが、希望が、怒りがうねりをあげていた。

いったいこの街のどこにこんなに多くの人がいたのかと思うほど人であふれていた。中心地のアレキサンダー広場だけではない。街全体を人々が覆い尽くしていた。

鉄のカーテンを撤去したハンガリーはその後、国境を全面開放しただけでなく東ドイツとの協定を破棄した。オーストリアへ向かう東ドイツ人を、またブダペストの西ドイツ大使館に駆け込む東ドイツ人を黙認し、亡命を手助けするかたちとなった。

それに対し東ドイツ政府は昨日、チェコスロバキアとの国境を閉鎖した。予想していたことではあるが、東ドイツとハンガリーの間に位置するチェコスロバキアへの道が閉ざされ、陸路ハンガリーへ行くことができなくなってしまった。

そしてこれも十分予想できたことだが、かつては感情さえ表すことのできなかった東ドイツ国民が、あふれんばかりの怒りをあらわにしていた。これまでの鬱憤《うっぷん》を晴らすかのように。

1989年10月7日、建国40周年記念式典は予定通り行われた。大規模な軍事パレードはこの国の威信をかけ、その力を国内外にアピールしようとしていた。

パレードを見ようと沿道を埋め尽くしていた観衆は、しかし式典後は別の姿になった。人々は式典に参加するため東ベルリンを訪れていたゴルバチョフに訴える。誰もが「ゴルビー！　ゴルビー！」と合言葉のように叫ぶ。

これに対し、東ドイツ政府も警察、そして秘密警察シュタージを動員し取り締まりを強化した。もともとパレードを見ようと、エレナとともに中心地にやって来た渉だが、2人の周りでも小競り合いがそこかしこで発生している。はじめは罵声、ののしり合いだったが、やがて暴徒化していく。殴り合い、蹴り合い、国旗が燃やされ火炎瓶まで投げ込まれた。警官に押し倒され拘束された者は、トラックの荷台に投げ込まれるように乗せられている。

それでもゴルビー・コールは止まらない。

突然後頭部に激痛が走った。渉には何が起きたかわからなかった。石か何かを投げつけられたのか、警棒ででも殴られたのか。するとほぼ同時に背後から首を絞めつけられ、背中から地面に叩きつけられた。

「渉！」

　エレナの声ははっきり聞こえる。

「渉！」

　その声も徐々に遠ざかっていく。

「エレナ！」

　何度も踏みつけられ蹴りを入れられながら、渉は声を絞り出した。渉をかばおうとしてか、何人かが抵抗しているのがわかる。どうやら暴動の真っ只中に入ってしまったようだ。すると誰かが倒れたままの渉の腕をつかみ、引きずり出した。

「とうとうシュタージに捕まっちまったか……」そう思った渉だが、だんだんと騒ぎから離されていくのがわかる。

「エレナか？」違う、エレナはここまで力強くない。

　片膝をつき、立ち上がろうとした渉を支えていたのはバーテンダーのパウルだった。

「大丈夫か？」

　街全体が暴動に包まれている。

「無理するな！　お前は帰った方がいい」

　パウルの言葉にうなずくと、渉は慌ててエレナを捜しはじめた。

「エレナ！」

涉の叫びはゴルビー・コールにかき消された。

暴動はやがて睨み合いになった。警察と国民との消耗戦は日付が変わると鎮静化し、人々は徐々に家路についた。

寮に戻りシャワーを浴びた涉は、鏡の中にボクサー顔の自分を久しぶりに見た。両目は腫れ上がり、左目尻には血が滲んでいる。後頭部にも傷があるようで、触るとズキズキと痛む。倒れたときに地面に打ちつけたのだろう、右肩と右肘には痣ができていた。

その日、西のラジオ放送は、ハンガリーが共産主義を放棄し、いよいよ民主主義への道を歩きだすことを伝えた後、「次は東ドイツか！」と声を上げた。

民主化要求デモは全国に拡大し、東ベルリンでは百万人規模になっているという。

エレナのことが心配で一睡もできなかった涉は、翌日曜日、朝一番でエレナの住む寮へと向かった。とにかく無事が知りたかった。

エレナはいなかった。隣部屋の学生は「昨日から見ていない」と言う。すれ違う学生にも訊いてみたが、誰一人エレナの行方を知っている者はいなかった。

月曜日、涉はいつも通り大学に行った。授業などどうでもいい。エレナが来てくれることだけを願っていた。しかしエレナは来なかった。ひょっとしたら途中からでも来るのではと最後まで授業を受けたが、何の授業だったかもおぼえていないほど身の入らない時間だった。

日本語学科のダニエルに、日本語を教えるのはしばらく休ませてもらいたい旨伝え、渉はまたエレナの寮に向かった。しかし結果は同じだった。

翌日も、その翌日もエレナはいなかった。

大学ではエレナを待ち、大学が終わるとエレナの寮に行く毎日が続いたが、全く手がかりがない。

やはりあのときに拘束されてしまったのか……。

大学と寮だけでなく、渉は以前エレナと行ったレストランやカフェ、インターショップにも足を運んだ。ただ待つことなどできなかった。ムダだとわかっていても、行動することで気を紛らわしていた。

ひょっとするとエレナはチェコスロバキアに帰ったのか、渉はそう思うようになった。拘束されたのではなく、両親のもとで安全に暮らしている。そして良くなるのか悪くなるのかわからない東ドイツだが、落ち着いたらまた大学に来る。そこでまた会うことができる。渉はそう自分に言い聞かせた。

エレナのことで頭がいっぱいだった渉は気づかなかった、ニーナがブルガリアに帰国したことに。

デモは衰えることを知らなかった。明らかに暴動と化している。政府も国民も一歩も引かなかった。連日多くの人が拘束され連行されていく。だからといってデモはおさまるどころか激しさを増していった。

この国の行く先は2つのうち1つなのだろう。

渉は中国の結果を思い起こした。軍が民衆を武力で制圧する。アレキサンダー広場でまさかそんなことが……。それは考えたくないが、考えられないことではなかった。

ならばいっそのこと国民に自由を与える。それはこの国では考えられないことだった。

そんなとき驚くべきニュースが東ドイツを、ヨーロッパを駆け巡った。

20年近く東ドイツのトップに君臨した国家評議会議長のエーリッヒ・ホーネッカーが1989年10月18日、辞任したという。

西だけでなく東の放送も伝えている。東の放送では「健康上の理由」とのことだが、この国の言うことなど信じられない。西の放送では「事実上の解任」。

いずれにせよホーネッカーが辞めたことは確かだ。

その夜、渉は遅くまでラジオに聞き入っていた。

ホーネッカーの後任はエゴン・クレンツ。渉には聞いたことのない人物だった。

ブザーが鳴った。

こんな遅くに。またあのシュタージの大男では……。涉は嫌な予感がしたので、西の放送が流れているラジカセのスイッチを切った。部屋を出て624号室のドアを開けた。

「エレナ！」

涉は思わず声を上げた。まっすぐに涉を見つめている。目は充血しながらも、その瞳はしっかりと涉をとらえていた。

「無事だったのか？」

涉が言う前にエレナが抱きついてきた。涉は全身で受け止めた。エレナだった、間違いなくエレナだった。

どれくらい抱き合っていたのか、涉は我を取り戻すと肩を抱きながらエレナを部屋に招き入れた。

「どこにいた？　大丈夫だったか？」

ベッドに腰を下ろしたエレナは、力のない笑みをつくり、そっとうなずいた。ミネラルウォーターを取りに行こうと、涉は部屋を出て冷蔵庫に向かった。

「エレナ！」

涉はまた叫んだのか、それともつぶやいたのか、声が出なかったのかわからない。わかっているのはあまりにも驚きが大きかったことだ。

不思議な光景だった。

渉がミネラルウォーターのボトルを持って部屋に戻ると、エレナは何も身につけていなかった。全裸で部屋の真ん中に立っている。

ほんのわずかな間にエレナは着ていた服をすべて脱いでいた。ほんのわずかな間に、もともと何も身につけていなかったかのように。

まっすぐに渉を見つめている。笑みはない、しかし悲壮感もない。肩と胸、脇腹、太腿に傷がある。赤く腫れあがっている。いずれも左側だった。

ボトルを床に置き、渉はゆっくりとエレナに近づいていった。

両腕で強く抱きしめた。もうどこへも行かないよう、渉はエレナを強く抱きしめた。

2人はベッドに倒れ込んでいた。

何も考えることなく、本能にまかせるように。

2人がこうして抱き合うのははじめてのことだった。

渉はエレナのあらゆるところにキスをする。

唇からまぶたに、額に、頬に、耳に。

すべての指、手だけでなく足の指もすべて口に含んだ。

肩から胸へ、赤く腫れあがった傷はひとつひとつ癒やすように舐め続ける。

数えきれないほどキスをした胸は想像していたよりも大きかった。

性器を舌でととのえるようにゆっくりと時間をかける。

霧のような空間が２人を濡らしている。

エレナはいつもとは違う汗のにおいがする。きっと渉も。

もうこれ以上待つことはできない。それを感じ取ったのか、エレナは渉をそっと迎え入れる。

もう待つことはできなかった、エレナもきっと。

渉はどこまでもエレナに入っていく。深く、深く、限りなく深く。

温かい。温かさに震えを感じる。それは包み込まれる温かさではない。２人がつくり出す、体内から湧き出るようなエネルギーなのかもしれない。

渉はエレナと常に唇を重ねる。

いつもかわす挨拶代わりのキスではない。

互いの舌が激しく求め合っている。下半身と同じく強く結ばれている。

そして渉は魂のすべてをエレナに授けるように果てていく。

落ち着きを取り戻そうとする渉の身体に、エレナは顔をうずめる。そしてペニスを口に含んだ。

硬くなるまで、温かく、優しく口に含んだ。エレナの表情はわからない。目は閉じてはいないが伏せている。

再び魂を宿した渉をエレナは迎え入れる。

その繰り返しだった。何度も何度も繰り返した。それは果てしなく永遠に続く行為のようだった。

避妊はしていない。すべてエレナの奥深くに射精した。

まるで時が止まった世界の中で2人だけが生きているようだった。

確かに2人だけが生きている。渉とエレナだけが息をしている。荒く、深く、激しく、湿った息を。

何度繰り返したときだろう。エレナが目を見開き、一瞬瞳が見えたとき、2人の意識は同時に遠くなっていった。


どれほど眠っていたのかわからない。窓の外がかすかに暗闇を脱していることで、時が動いていることがわかった。

夢ではない。エレナは渉の横で小さな寝息を立てている。

渉はそっと立ち上がり、タオルを取ると部屋を出てシャワールームに向かった。

あれはヤニスだったか、寮の近くのスーパーで売っているシャンプーを「ハゲたいのならお勧めだ！」と言うので、シャンプーはずっと西の製品を使っている。シャンプーだけでなく石鹸や歯磨き粉も。気づけば服や靴、筆記用具などもすべて西ベルリンかインターショップで買っている。東で買うものといえば、今ではパンやミネラルウォーターなどの一部食料品くらいになってしまった。

バスタブはないが、シャワーはお湯が出なくなったことは一度もない。

ルーマニアでは凍えるような水のシャワーを浴びたのを思い出した。

渉は熱いお湯で身体を洗い流した後、いつものように最後は真水を浴び、シャワールームを出て部屋に戻った。


「エレナ……」

わずか10分も経っていない。跡形もなく消えていた。

エレナはいない。ずっと抱き合い、一緒に眠っていたエレナは幻だったのか。

違う、幻ではない。まだその感触も温もりもそのまま残っている。

エレナは確かについ先ほどまで間違いなくここにいた。

まだそう遠くには行っていない。追いかければ間に合うはずだ。

しかし渉は部屋を出なかった。

渉はわかっていた。いくら追いかけてもムダだということを。

渉はわかっていた。エレナがここに来た理由《わけ》を。そしてたった今、何も告げずにいなくなった理由を……。

それはもう誰にも止めることはできなかった。

東ベルリンでの民主化要求デモはより大きく、より激しさを増していった。東ベルリンだけではない、他の都市も同様だった。

かつてのベルリン暴動は支配国ソ連によって制圧されたが、そのソ連がゴルバチョフの出現により改革を打ち出している。ゴルバチョフは東ドイツ政府よりも民主化を要求する東ドイツ国民を支持している。

東ドイツ政府には、もはやなすすべはなかった。唯一あるとすれば、それは国民に自由を与えることだ。ただし独裁国家において国民に自由を与えることは、国の崩壊を意味する。

この数カ月で以前は考えられないことばかりが起こってきた。それも今、終わりを迎えようとしている。

人々はとうとう壁に向かって歩きだした。今までは立ち入ることなど到底できなかった緩衝地帯を、立ち入るだけで射殺された緩衝地帯を通り、壁に向かって歩きだした。

西ベルリンを囲む155キロメートルものベルリンの壁で、唯一幅のあるブランデンブルク門近くの壁に人々が上りはじめた。

歴史的瞬間を見ようと世界の注目が集まっていた。

１９８９年11月9日、東ドイツ政府はとうとう西ドイツとの国境を開放した。東西ドイツの壁、そして冷戦の象徴だったベルリンの壁がついに崩壊した。東ドイツの人々は西へ向かった。夢にまで見た西へ行けるようになったのだ。花火が上がる。クラクションが鳴り響く。歓声が響き渡る。

自由など無縁だった東ドイツに自由が訪れた瞬間だった。

つい先ほどまで自由など一生手に入れられるはずなかった人々が自由を手にした。

ベルリンの壁をハンマーで叩く映像が全世界を駆け巡り、何台ものトラバントが国境を越え西ドイツの人々に迎えられた。

涉は部屋の窓を開け、外を見た。

寮の周辺でも、寮内でも騒ぎはおさまらなかった。

ラジオは西ベルリンのスーパーではバナナが売り切れていると伝えた。

ベルリンの壁崩壊

それがおかしくて渉は声を上げて笑った。久しぶりに、実に久しぶりに笑った。

スタートライン

街並みが灰色である理由のひとつが宣伝広告がないことだと渉は今になってやっと気づいた。もちろんゴーストハウスのような建物が灰色の街並みを形成しているのだが、何の装飾もないこともその理由のひとつだった。

もともと資本主義ではないこの国に、タバコやコーラの看板などあるはずがない。ときどき目にする看板は「団結」「邁進」などという共産主義的スローガンをかかげるものばかりだった。それが壁が崩壊してから、ビールやタバコ、ファッション、車、ホテル、デパートなど、様々な色鮮やかな看板がたちまち増えていった。

倉庫のようだったスーパーも品数が増えていった。西でしか買えなかったお菓子、嗜好品、果物や野菜が徐々に増え、店員も忙しそうに働くようになった。

街が明るくなり、人が明るくなり、天気も晴れることが多くなった。

大学でも少なからぬ変化があった。

担任が代わった。Dr.メーベスからDr.トレーガーになった。メーベスよりいくらか若い女の先生で、笑顔の似合う人だった。

そして討論の先生マウアーがいなくなった。あれほど東ドイツを称えていたマウアーはいなくなった。

今でも週2回ほど授業を受け持っている日本語学科では、日本に留学経験のあるハイケ、ダニエル、ブリギットの3人がそっくりいなくなった。フローラはいるが、他にもいなくなった学生が何人かいた。

代わりにこれまでは顔を出さなかったヘルマンという70歳は超えているおじいさん教授が毎回顔を出すようになった。なんでも戦時中に日本にいたとのことで、日本語は話すのだが、今ではなかなか使わない古めかしい日本語を話す。

「おぬしはWATARU殿でござるか。せっしゃはヘルマンでござる」

初対面のときにそう言われた渉は思わず後ずさりした。ただし悪い印象はなかった。どこか憎めないかわいらしいおじいちゃんのように思えたのは、しわくちゃな笑顔で自らをファーストネームで名乗ったからかもしれない。

再会したときは渉から声をかけた。

「これはこれはご同輩。ご達者か？　今日はいい天気であるな」

「ふむふむ。ごもっとも、ごもっとも」

ヘルマンは笑顔でうなずく。

次に会ったときも渉から言った。

「これはこれはわが友よ。本日はお日柄もよろしく、大変麗しいな」

自分でも何を言っているのか今ひとつわからない。しかしヘルマンは、

「ふむふむ。ごもっとも、ごもっとも」

前回と同じように笑顔でうなずく。

だ、大丈夫かな？　このおじいちゃん……。

その次に会ったときはちょっとふざけてみた。

「これはこれはヘルマンちゃん。今日はファンキーでモンキーでベイビーな1日だな」

ヘルマンの反応は変わらなかった。

「ふむふむ。ごもっとも、ごもっとも」

だ、ダメだ、このおじいちゃん……。

授業も好きなようにやらせてもらった。先日は最近の若者が使う、少しくだけた日本語を教えてみた。「超ムカつく」「ウザい」「ダサい」「みたいなぁ」「っていうか」などなど。ヘルマンがいるのにこんなことを教えていいのかと思いながらも、キョトンとしているヘルマンがおかしかった。

そんなヘルマンから今日お願いされたことがある。

「せっしゃの名前を漢字にしていただけぬか」

と言って、ノートとボールペンを差し出してきたのだ。

「ヘルマン」を漢字に……。渉は戸惑った。

突然言われてもいい漢字が浮かばない。

こんなとき渉はちょっとしたパニック状態になる。「ヘルマン」「へるまん」……、うーん……。

迷った末に渉はノートに書いた。

『減男』

ヘルマンは大喜びだった。


渉の在籍するドイツ語コースには、新しい学生が何人かやってきた。ザハールとジーナはここを出て、それぞれ希望通り医学と哲学を専攻している。以前からの仲間は東ドイツ人の夫を持つルーマニア人のモニカだけになった。

新しい担任のDr.トレーガーからは正式な学生として学部入学することを熱心に勧められた。外国人枠もあり、試験さえ通れば授業料も免除され、奨学金も出るという。

ヘルマンは推薦人になると言ってくれた。以前から日本語学科で講師役を務め、大学に貢献していることを改めて伝え、推薦人になってくれるという。学部入学し、正式な学生になることを強く勧められた。

うれしかった。それは素直にうれしかった。はじめての海外。大した理由もなくこの国にやって来て、それこそ右も左もわからぬまま、少しだけ必死にやってきた。そんな自分が少しだけ認められた気がした。

渉はトレーガーとヘルマンにお礼を言い、そして丁寧にお断りした。

アレキサンダー広場ではじまったクリスマス市は昨年よりはるかににぎやかになった。物が豊富になったことよりも、人々が笑うようになったからだろう。この国の人々がこんなに笑うことができるのかと思うほど笑顔があふれている。それはこれまでのこの国が、いかに国民から笑顔を奪っていたのかということでもあるのだが。

ベルリンの壁をも崩した民主化の流れは止まらなかった。

ブルガリアでは共産党指導者ジフコフが辞任。

12月に入るとアメリカ・ブッシュ大統領とソ連・ゴルバチョフ書記長が早々に東西冷戦終結を宣言した。

最後まで独裁政権を堅持していたルーマニアでも、さざ波のように起こったデモがたちまち大津波になり独裁者を呑み込んでいった。チャウシェスク夫妻が処刑されたのはクリスマス当日だった。

ゆっくりと、しかし確実に民主化を進めたチェコスロバキアでは、ドゥプチェクがプラハの春以来復活し、大統領となったハベルのもと、非共産党系による新政権が誕生した。

「このビールを飲んでみろよ。新しくミュンヘンから仕入れたんだ」

フランクフルター通りのバーで、パウルは自慢げに細長いグラスにそのビールを注いだ。白く濁っている。

「白ビール。これは大麦ではなく、小麦で造ったビールだよ。小麦酵母が生きていてうまいんだよ」

きめ細かい炭酸が全体に行き渡っている。麹くさいような、それでいてフルーティー。しっかりとしたコクのある、はじめて飲むビールだった。

「渉、俺はミュンヘンで働くことにした。これだけじゃない、他にもいろんな種類のビールがあるなんて夢みたいだろ」

西ドイツで働くことを決めたパウルに、渉は笑ってうなずく。

「稼ぎもここよりはるかにいいしな」

パウルは親指を立てるしぐさをしながら言った。

「渉はどうするんだ?」

「ああ、近いうち日本に帰る」

渉がそのことを口にしたのははじめてだった。

「そうか……」

パウルは納得したようにうなずく。

「日本で何をする？」

「何か仕事を探すよ」

「それだけドイツ語を話せるんだ。通訳でもやれよ」

涉は軽く鼻で笑った。

「ミュンヘン、楽しいだろうな」

涉が言うとパウルは真剣な顔になった。

「涉、この国は確かに自由になった。俺たちは自由を勝ち取った。ただそれは永遠の勝利ではない。やっとスタートラインに立っただけだよ。ひょっとしたらまだスタートラインにさえ立っていないかもしれない。今までがひどすぎたからな。まだまだハンディがある。あくまでも競争する権利を得ただけだよ」

パウルの言うことはもっともだった。壁の崩壊以来、すべてにおいて勝利したかのような、成り上がったような者が目につく。そのことに涉は大きな違和感をおぼえていた。

「ここに残らず西へ行くのは、ある意味卑怯なのかもしれない。でも俺はミュンヘンで試したい。俺みたいな東の人間がどこまでできるのかを」

パウルは目を細めながら言った。

「次はミュンヘンで乾杯しよう」

パウルはコースターに新たな勤め先のレストラン名を記すと渉に手渡した。

いつも力強いパウルの握手は、今日はさらに力強かった。


壁の崩壊後はじめて行った西ベルリンで、旅行会社を見つけ一番安い東京行きの航空券を購入した次の日、ザハール、ジーナ、モニカの3人に近々東ドイツを発ち、フランクフルトから帰国することを告げると、久しぶりに飲みに行くことになった。ハッケッシャーマルクトのあの小汚いレストランで。

「なにもこんなところでお別れパーティーをしなくても」

ジーナの言葉にザハールとモニカが苦笑いする。

でも渉にはここが良かった。ここに来たかった。ここしかなかった。

まだこの国に来て間もない頃、ドイツ語もおぼつかなかった頃、強がってはいたが実は不安だらけだった頃、みんなに誘われて来たところ。その後もみんなで何度も乾杯したところ。

あのときはみんないた。パベル、ライサ、ベロニカ、アンナ、ニーナ、そしてエレナも。

「突然で驚いたよ、渉。もっと大学に残ればいいのに」

黙っている渉にモニカが続ける。

「日本で何するつもり？」

「仕事を探すよ」

「ドイツ語を使う仕事があるといいわね」

ジーナの言葉に渉はうなずいた。

「渉、よくがんばったな、こんな国で」

「またいつでも戻って来るといいわ。これからは以前のような不自由はないから」

「あら、渉は不自由が好きなのよね」

3人が笑うのを見て渉も笑った。

「今度はみんなが日本に来る番だよ」

渉の言葉に一瞬沈黙があったが、すぐに3人とも目を輝かせた。素敵な笑顔だった。

「渉はすっかり強くなったわね」

「あら、渉はもともと強かったわ」

「ああ、お前ははじめから強いやつだった」

シュナップスを飲みながら言った3人の言葉、それはきっと酒のことだと思う。そう、確かに酒には強くなった。

別れのときジーナとモニカは辺りかまわず涙を流し、2人同時に抱きついてきた。ザハールも目に涙を浮かべながら覆いかぶさってきた。4人がひとつになる。みんながいるようだった。パベル、ライサ、ベロニカ、アンナ、ニーナ。そう、エレナも。

涙が止まらない2人とキスをした。ザハールと握手をすると「俺たち3人からのプレゼントだよ」と言って紙袋を渡された。

渉は3人に背を向け、歩きだした。

なぜだろう、渉はこの国が愛しく思えてきた。

灰色の街並みが、灯りの乏しい夜の風景が、よどんだ空気が、味気ないビールが、無愛想な人々が、トラバントが……。

そんなことは今までなかったのに、東ドイツのすべてが愛しく思えてきた。

「渉！」

大きな声に振り向くと、3人が腕をかまえている。

「アチョ〜〜！」

渉も負けじと声を上げた。

「アチョ〜〜！」


渉は、いつものようにアレキサンダー広場の駅へ向かっている。少し重い紙袋を左手に持ちながら。

みんなと飲んだ後はいつもエレナとここを歩いた。マリエン教会を見ながら広場を通り、駅で別れるときはキスをした。

テレビ塔を見上げながら、エレナと展望フロアに行った晴れた日を思い出した。あのときエレナは西ベルリンを遠くに見つめ、ただ黙り込んでいた。かなうことのない夢を追いかけるように。

「良かったね、エレナ。チェコスロバキアも自由になった。もう夢じゃない、いつだって西ベルリンへ行くことができる。どこへでも行くことができる。君も自由になったんだね。おめでとう、エレナ」

星が出ている。

この国にやって来てからずっと空を覆っていた灰色の雲が去って行ったのだろうか。

星が出ている。東ドイツの空に星が輝いている。

寮に帰ると理美から手紙が届いていた。開封の跡はない。もう検閲はなくなったのだろう。航空券を買ってから迷っていたのだが、結局理美に手紙を書かなかった。手紙を出しても渉の方が先に日本に着くのは間違いないだろうから。

開封した手紙は意外な言葉ではじまっていた。

「今まで手紙を書かずごめんなさい」

検閲が厳しく理美からの手紙が渉のもとに届いていないのではと思っていたが、理美は手紙を書いていなかった。

「ベルリンではありがとう。とても刺激的な、そして楽しい旅行ができました。

渉の住む東ドイツについては、毎日ドキドキしながらテレビを見ていました。あなたはまさに歴史的な瞬間に立ち会ったのですね。

私は大学4年になり、周りのみんな同様、就職活動に追われるはずでした。ただしまだまだ自分が未熟に思えてなりません。

というのも渉、それはあなたと一緒に過ごして強く感じるようになったのです。

年下で甘えん坊。そのくせ素直じゃなく、強がり、生意気、意地っ張り、そして人見知り、いつもうつむいてばかりでどこか寂しそう。ずっとそばにいてあげないと、と思っていた渉がすっかりたくましくなっていたことに、私はただ驚くばかりでした。

それは東ドイツという国が、緊張に満ちたベルリンという街がそうさせただけでなく、あなた自身の努力によるものです。

いつの間にか言葉も話せるようになり、知識も備え、マナーや習慣まで身につけていました。観光地やレストランではもちろん、一緒に行った警察でも、国境でも一切物怖じしない渉は頼もしいかぎりでした。

西ベルリンとも、もちろん日本とも全く違う東ドイツ、東ベルリンには正直ショックを受けましたが、渉といることで不安などはありませんでした。

私は今しか経験することのできないことをしてみようと思います。渉のように遠く離れたところに行き、そして生まれ育った日本を外から見つめるのも選択肢のひとつ。大学は単位を取り終えました。ゆっくりと考えています。

渉、あなたはもう大丈夫。私など必要ありません。

渉と一緒に過ごすことができて楽しかった。

渉に出会えて良かった。

いつまでもいつまでもお元気で。

理美」

淡々と手紙を読み終えた渉は、何の感情も持ち合わせていなかった。

感覚が麻痺したのか、何の思いもわいてこなかった。

うつむき加減の自分に気づき、そっと目線を上げるだけだった。

「理美……」

驚きと同時に笑いがこみ上げてきた。いったいどこで見つけてきたのか、3人からのプレゼントである紙袋から取り出したのはトラバントのミニカー。渉は手にしたトラバントをまじまじと見つめている。その他にもシュナップスのボトル、そしてなぜかトイレットペーパーが入っていた。

トイレットペーパー？　でもそれはトラバント同様、東ドイツを象徴するものだった。東ドイツ製のトイレットペーパーは硬い。新聞紙のように硬い。とにかく硬い。紙飛行機が折れるほど硬い。案の定3人はそのトイレットペーパーにボールペンでメッセージを書いていた。

「シュナップスを飲んで私たちを思い出してね。トイレットペーパーを使って東ドイツを思い出してね」

「このトラバントは本物より性能がいいのよ」

「渉、お前は強い男だ」


東ドイツを発つ日、管理人のおやじがタクシーを手配してくれた。もちろんトラバントの、でも白タクではない。事前に電話しておけば来るようになったのだから、この国も変わったものだ。東ドイツ人だってやればできる。

おやじは見送ってくれた。少し気まずそうな顔をしながらも握手を求めてきた。「寂しくなるな。またいつでも遊びに来いよ」と言って。


灰色の街並みはまだまだ残っている。インフラさえ整っていない。舗装されていないでこぼこの道路もそのままだ。

トラバントが激しく揺れるのは、車そのものにも問題があるが、道路が整っていないせいでもある。東西の往来が自由になった今、車に乗っているときにたとえ目を閉じていても、そこが西なのか東なのかはわかるだろう。西では滑らかに走るが、東では半端ないほど揺れまくる。

目を開ければそれは一目瞭然。いくら晴れ渡ることが多くなったといっても、灰色の街並みがその光を受け止めきれていない。

疲れきったゴーストハウスのような建物群は、すべて壊して新たに建て直せば西のような近代的な街並みができるのだろうが、そんな費用はあるはずがない。そこで苦肉の策なのだろう、色を塗り灰色を隠そうとする建物が増えてきた。外側から妙にカラフルな色を塗り、外観だけでも西のように見せかけようとする建物が増えてきた。一見鮮やかではあるが、建物そのものは何も変わっていない。中身は昔のまま、東ドイツのままだ。

壁崩壊直後はお祭り騒ぎだったが、西ドイツ国民の東ドイツ国民に対する目は決して温かくはない。全員雇用制のもと、働かなくても生活できた国で育った者を受け入れる西の企業は少ない。東ドイツ復興のために莫大な額の税金が投入されることには、多くの人々が疑問を持ちはじめた。

今後、いずれ両ドイツは統一に向けて動きだすだろう。

ただし急ぐべきではない。東西分断の40年間はただの40年間ではない。敗戦後の廃墟から世界一の経済力を争うまでに急激に発展した西ドイツと、そのまま停滞し続けた東ドイツ。その差は実際の40年の何倍にも値している。

東ドイツがしっかりとひとり立ちし、西ドイツとの差が限りなく少なくなったとき、自然な形で統一を迎えるべきだ。

今はまだまだ夢の話、統一など語るときではない。

この2つの色はそう簡単に溶け合うことはない。
渉を乗せたトラバントは灰色の街に爆音をとどろかせた。
あのときと同じように激しく揺れながら。

エピローグ

数年後。

渉は今、物書きをしている。

それほど親しいわけではなかったのだが、あの激動の中、渉が東ベルリンで生活していたことを聞きつけた出版社に勤める高校時代の先輩に依頼され、当時のことをありのままに記したものが目に留まったらしい。ただ自分の体験談を書いただけなのに、それがきっかけになり、今ではいくつかの雑誌に紀行文のようなものを載せている。

はじめての海外、しかもほとんど気まぐれで行った国があんな国。そんな国があんなことになり、その体験を語った結果、今こんなことをしている。それが幸か不幸かはまだわからないが、人間どこでどうなるのかわかったものじゃない。

海外に行くことも多くなった。今では少なくとも月に一度は海を渡っている。

作家などというものじゃない、目に映ったことを活字にしているだけ。ただの物書きだ。多少脚色はするけれど……。

うらやましがられることもあるが遊びではない。決して行きたい国へ行けるわけではない。実際は全くその逆で、指定されたときに、指定されたところへ行き、指定された取材をし、編集者の希望にそって指定されたような文章を仕上げなければならない。

指定ずくめではあるが最近は慣れてきたのか、いかに自分の思いを文章に含みこませるかに、皮肉にも似たささやかなやりがいのようなものを感じている。無理のないよう、いかにも自然な形で自分の思いを含みこませることに。

大して儲かる仕事ではないし安定など全くない。スポンサーによってはそれなりの収入を得ることもあるのだが、そうでないときは旅費の一部を負担しなければならないこともある。でもまぁいろいろな国へ行くことができるのは事実だ。それなりに楽しんでいることも。

あれほど苦労して身につけたドイツ語だが、仕事上役立つことは多くはない。

ただし使う機会はそれなりにある。というのも行く先々でドイツ語を話す人々に必ずといっていいほど出会うからだ。ドイツ人、オーストリア人、スイス人に。彼らは日本人以上に旅行好きだ。そして彼らを迎えるホテルやレストランにもドイツ語を話すスタッフがいたりする。

何よりもドイツ語をやって良かったと思うのは、英語が簡単に感じられること。あの複雑なドイツ語の文法からすれば、英語の文法などどやさしいものだ。

仕事ではコーディネーターと称する現地スタッフは付くが、通訳が付くことは少ない。ドイツ語が通じるところではドイツ語を話すが、それ以外はすべて英語だ。カッコよく言えばトライリンガル。ペラペラ？　そんなわけはない。「ペラペラ」などというのは外国語とは縁のない者が使う表現だ。

ボキャブラリーも十分ではないが、現地スタッフとのコミュニケーションはそれなりにこなしている。時に命令し、怒鳴り、怒鳴られ、奮闘している。

これまでいろいろな国を訪れた。

ヨーロッパは直行便ができて近くなった。以前の半分ほどの時間で行くことができる。

今年になってコスタ・デル・ソルというスペインの美しい海岸地域に行ったし、先月はイタリア・トスカーナ州のワイナリーを取材した。いずれの国も現地スタッフがあまりにも時間にルーズで冷や汗の連続。それでも1日の仕事を終えた後の夕食は素晴らしかった。

ノルウェーではフィヨルドクルーズを体験。その美しさよりも何よりも物価の高さに仰天。ビールを飲むことさえためらったほどだ。

ヨーロッパばかりではない。はじめてのアフリカはエジプトだった。ギザのピラミッドを前にしたときはあまりの感激に言葉を失くしたが、そのすぐ近くにファストフード店がいくつもあり、さらに言葉を失くした。

珍しいところではキューバ。特産品のラム、葉巻、コーヒーの取材のために行ったのだが、この国はアメリカと国交がないために、便利になったヨーロッパとは正反対。カナダ経由でメキシコへ行き、そこから首都ハバナ行きに乗り換えるという、以前のアンカレッジ経由を思い起こすほど長いフライトだった。外貨獲得のため外国人観光客用にリゾート開発された地域はそれなりに良かったが、ハバナでさえ人々の生活は豊かではなかった。やはり共産主義国は……と思わずにはいられなかった。そういえば個人レッスンをしてくれたブルックナー先生もキューバに行ったと言っていた。東ドイツでのはじめてのビタミン補給、スーパーで偶然見つけたグレープフルーツジュースも確かキューバ産だった。クリスマスのときに売り出されたオレンジもきっとそうだろう。当時、東ドイツとキューバは親密だった。

そんなふうに当時の東ドイツを思い出すことは少なくない。

あれはギリシャに行ったときだ。ギリシャ、そうヤニスとプラクシーの国。アテネ空港に着いてタクシー乗り場に並んでいたとき、列の前の方にヤニスがいた。どう見てもヤニスだった。慌てて駆け寄りドイツ語で話しかけたのだが通じない。どこからどう見てもヤニスなのだが人違いだった。ギリシャ系に多い顔のようで、その後も何人ものヤニス似に会うことになったが、みんなヤニスではなかった。

戦争の結果、東西に分断されたドイツとは逆に、戦争で統一されたベトナム。共産党政権は続いているものの、「ドイモイ」という経済開放政策が軌道に乗り、物資が豊富で驚いた。飢餓列島、ボートピープルなどは過去のもの。もう寒い国へ出稼ぎに行く必要もない。

そして未だ分断されたままの朝鮮半島へも行った。もちろん韓国の方に。そのときはなぜか美容整形を取材しに数人のスタッフとともにソウルへ行ったのだが、わがままを言い、1人だけ帰国を1日遅らせて軍事境界線である板門店へ行った。終戦ではなく今も休戦状態である両国の国境38度線。近づくにつれ増してくる緊張感が当時のベルリンを彷彿させた。北朝鮮兵士を目の前にしたときは特に。

そして3日前、ポーランドから帰ってきたばかりだ。

古都クラクフから行ったアウシュヴィッツ強制収容所跡。強制収容所といえばベルリン郊外のザクセンハウゼン以来だったが、アウシュヴィッツの規模はザクセンハウゼンとは比較にならないほど大きい。期待と覚悟をもって訪れたのだが、あまりにも観光地化されていてがっかりした。観光客があまりにも多い。戦争の傷跡を見ようとするのではなく、ピクニック感覚の観光客が。もちろんポーランドからすれば、解放され強制両替などはない今、観光地化して貴重な収入源にしているのだが、ザクセンハウゼン強制収容所跡のときのような緊張感は持てなかった。首都ワルシャワはまだまだ灰色の街。自由になり物資は豊富になったが、建物は以前のままなのだろう。灰色の街並みが続いていた。

渉はこの仕事をするようになって思うようになった。空の色というのはその地上を映しているのではと。街並みだけでなく人々の心を。

コスタ・デル・ソルやギリシャのエーゲ海で見たあの神秘的に青い空は、単に南の地だからというわけではない。カリブ海に浮かぶキューバの首都ハバナの空はそれほど青くはなかった。まだまだ共産主義時代の影が残るポーランドの空は灰色だった。あの当時訪れたプラハやブカレストも。

晴れ渡ることなど数えるほどしかなかった東ドイツ。それなのにその内にある西ベルリンはいつも天気が良かったような気がする。その東ドイツも壁の崩壊後は晴れることが多くなった。

考え過ぎだろうか、渉は苦笑した。やはり何かとあの頃を思い出す。


渉はあれからドイツへは行っていない。そう、統一ドイツには。

渉の意に反して両ドイツはあせったように統一への道を急いだ。まるでそれが最終目的であるかのように。

1990年10月3日、ドイツは再統一を果たした。それは壁崩壊からわずか1年足らずだった。

いつか統一ドイツへ行きたいと思っている。別にこれまで意識的に避けてきたわけではない。もちろん仕事を選べる立場でも、行き先を選べる立場でもない。ただ機会がなかっただけだ。

統一ドイツ。その「統一」は正確な表現ではない。

旧東ドイツの正式名称はドイツ民主共和国。

旧西ドイツの正式名称はドイツ連邦共和国。

現在のドイツ、いわゆる統一ドイツの正式名称はドイツ連邦共和国。旧西ドイツと同じだ。

正確には東ドイツの崩壊、消滅。西ドイツによる吸収といったところだろう。

言うまでもない、東ドイツは明らかに敗者だった。東ドイツを牛耳っていた特権階級の者たちは多くが裁かれた。

病気を理由に逃げるように娘のいるチリへ渡ったホーネッカーは、裁かれることはなかったが間もなくこの世を去った。

後任のエゴン・クレンツは有罪になり刑務所に収監された。

国の幹部だけではない。国の命令を順守し、自由を求め壁を越え西へ向かおうとした者を射殺した国境警備兵までが殺人罪に問われた。

それはまるで第二次世界大戦後のニュルンベルク裁判の続きを見ているようだった。裁ききれなかったナチス戦犯を裁いているようだった。


渉はまた苦笑した。

はじめての海外が強烈だったのだろう。それは間違いなく強烈だった。

渉は今でもどこかで東ドイツと共にいるような気がする。

今は亡き東ドイツと。


ドイツ統一の翌年にはソ連が崩壊した。

東西冷戦終結の立役者だったゴルバチョフも、まさか自分の国が無くなるとは思ってもいなかっただろう。

当初は手紙でやり取りしていたものの、忙しくなるにつれ自然と音信不通になってしまったあの頃のみんなはどうしているのか。

自由をかみしめながら元気でやっているのか。

かみしめていた自由にはもうすっかり慣れている頃だろう。

きっと幸せでいてほしい。エレナもきっと、きっと幸せで。


もうだいぶ前のことだが、理美からは二度ほど手紙が届いた。いずれもアメリカ・ボストンからだった。

迷ったのだが、実は渉は東ドイツから帰国後間もなく理美に電話をしてみた。すると母親が出て「つい先日日本を発った」と言われた。

これも運命なのか、ちょうど入れ違いだった。

1通目の手紙には「元気で充実した生活を送っている」と綴っていた。

2通目には「もうすぐ就労ビザが取れる」、そして「幸せになる」と。

住所は記されていたが、渉は返事を書かなかった。

2通目が届いてからもう数年経つ。無事就職できたのかはわからない。今でもボストンにいるのか、もしかしたら日本に帰っているのかもわからない。そして結婚したのかどうかも。

今思えば渉が東ドイツへ行くことを後押ししてくれたのは理美だった。あの厳しい環境の中で耐え抜くことができたのも理美のおかげだった。渉を支えてくれた人だった。

今でもふと、あのはにかんだ笑顔を思い出すときがある。さりげない、でも何よりも美しいあの笑顔を。

誰よりも美しい人だった。それは見た目だけではない、すべてが美しかった。

渉は未だ独身。仕事に恋をしてしまった？　そんなわけはない。

忙しいながらもどこかで気楽にやっている。「独身を謳歌している」のだろうか……。


不思議なことなどいつでもどこにでもある。

ただ人はそれを忘れてしまうのか、または気づいていないだけなのかもしれない。

誰もが気まぐれが引き起こす偶然の中で生きているのだから。

確かにはじめての海外生活がきっかけで、今こんな仕事をしている渉の半生は不思議ではあるが、もっと不思議なことはいくらでもあるのかもしれない。

ならば「不思議」という言葉の存在そのものが無意味なのだろう。


その日もそうだった。

もともと前日に予定されていた次の海外取材の打ち合わせが、編集者の都合で1日延期された。

その編集者と仕事をするのは二度目になる。

今回はフランス西海岸、サン・マロ湾に浮かぶ世界遺産の島、モン・サン＝ミッシェルの特集だった。島内と対岸。干潮時と満潮時の島を取り巻く風景の違い。羊料理や牡蠣《かき》、オムレツ、シードルなどの名物。そして修道院が建つきっかけとなった近郊の街、アヴランシュまで取材することになっている。

まだ先のことなので、顔合わせを兼ねて日程確認し、後日再度詳細を打ち合わせることになっていた。編集者と女性アシスタント、同行カメラマン、手配を依頼した旅行会社のスタッフとその下請けのオペレータースタッフ。渉を含め計6名で外苑前のイタリアンレストランで落ち合う予定だったが、手違いで予約がなされておらず、近くのカフェでひと通り打ち合わせをした。その後、編集者に誘われて女性アシスタントと3人で近くの小料理屋に行くことになったが、打ち合わせ時からビールとワインを飲んでいた編集者はずいぶんと酔いが回ったようで、仕事の愚痴から女の話までするようになった。打ち合わせでは紅茶しか飲まなかった渉は、ビールを飲みながら軽く料理をつまみ1時間少々付き合って店を出た。

どうも気分がすっきりしなかったこともあり、渉は渋谷まで歩くことにした。その途中、偶然目についたバーに入った。「クライネ」という、ドイツ語で「小さい」を意味するその店は、その名に反して奥行きがあり、薄暗く、ゆったりとしたクラシック音楽が流れ、まばらな客はみな1人のようだった。渉は左奥の席に座り、バランタイン12年物のダブルを水割りで注文した。すでに夜10時を過ぎていたが、終電がなくなったらタクシーで帰るつもりだった。

酒を飲むことが多くなった、日本でも海外でも。涉はスコッチを好んで飲む。ロックでは濃い、かといって水割りでは薄い。いつもはこうしてダブルを注文してシングル分の水で割っている。

欧米人は濃い酒を割らない。ロンドンのパブでスコッチをロックで頼んだらひどく嫌な顔をされた。ウイスキーだけではない。コニャックはもちろん、イタリアのグラッパ、メキシコのテキーラもすべてストレートだ。

そういえば……。涉の頬がゆるんだ。自宅にまだあるシュナップスのボトルを思い出したのだ。

扉が開きカップルが入ってきたのは、涉が2杯目を飲んでいるときだった。背が高く肩幅の広い男が左腕で女の肩を強く抱きしめている。

涉はその女の横顔を見ただけですぐにわかった。

今は涉に背を向け正面奥に向かっている女、それは理美だった。

髪は以前とは違ってロングにしているが、肌の白さもスタイルも変わっていない。

外見だけではない、涉が確信したのは何とも言えないその雰囲気、そしてにおいだ。店に入ってきた瞬間に明らかに空気が変わった。

間違いない、理美だった。

ただし涉の目は理美ではなく、理美の肩を抱いた男に釘づけになった。顔だけをこちらに向けている男としばらく目が合った。はっきりと見おぼえのある男。その男とこのように目を合わせるのははじめてではない。
茶色いハンチングをかぶったその男と。

本作は史実に基づきますが、フィクションとして再構成されています。
登場する人物は架空ですが、都市、観光地、博物館などはすべて実在するものです。

参考資料

読売新聞（２０１６年1月9日）　昭和時代第５部

甲斐バンド、甲斐よしひろさんのアルバム名、曲名を使用させていただきました。

THE BIG GIG

最前列にいた東京の一夜。

今でも夏が来るたびに、あの熱狂が蘇ります。

吉田和彦

著者プロフィール

吉田 和彦（よしだ かずひこ）

1966年生まれ。
東京都出身。
神奈川県横浜市在住。
海外視察、海外旅行のディレクターとして働きながら執筆活動をする。
本書は自身の東ドイツ在住経験をもとにした初めての長編作品。

あの頃　東ドイツの片隅で

2021年10月15日　初版第１刷発行

著　者　吉田 和彦
発行者　瓜谷 綱延
発行所　株式会社文芸社
〒160-0022　東京都新宿区新宿１－10－１
電話　03-5369-3060（代表）
03-5369-2299（販売）

印刷所　株式会社フクイン

ISBN978-4-286-23026-9